# 유방암이지만 비키니는 입고 싶어

일상의 스펙트럼 03

# 유방암이지만 비키니는 입고 싶어

미스킴라일락

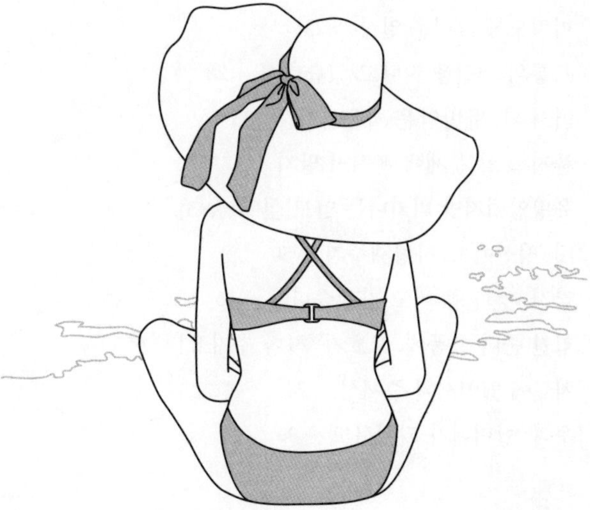

산지니

차례

## 가슴아, 조금 미안한 일이 있어

그날 밤이었다. 병실에 혼자 누워 있으려니 잠이 오지 않았다. 그런데 불현듯 나에게 미안한 마음이 들었다. 느닷없이 몸에 칼을 대어 일부를 도려낼 걸 생각하니 미안했던 것이다. 가만히 나에게 말을 건넸다. '가슴아, 잘 들어. 내가 좀 미안한 일이 있어. 안 그래도 너를 그렇게 성장시켜주지 못해서 미안했는데 말이야…. 내일이면 그마저도 더 작아질 거래. 흉터까지 생길 거야. 내가 지켜주지 못해 많이 미안해.' 남의 것을 허락 없이 쓰면 실례지만 동의를 구하면 문제가 없듯이, 왠지 내 몸에도 그렇게 해야 할 것 같았다.

유방암을 알게 된 계기는 아주 우연이었다. 가슴에 여드름이 났다며 장난스럽게 주변 사람들에게 불편함을 호소하던 중 누군가 나에게 진지하게 병원에 가서 검사를 받아보라고 했다. 한 사람의 조언이었으면 그냥 넘어갔을 것이다. 그러나 내 이야기를 들은 언니들이 가슴에 여드름이 난 게 아닌 것 같다며 모두 의아해하는 통에 나도 모처럼 진지해졌다. 결국, 시간을 겨우 쪼개어 가까운 병원에서 초음파 검사를 받았고 원장님은 그날 즉시 인근 영상의학과로 나를 연결해주시며 조직검사를 받게 했다. 그리고 며칠 후, 검사 결과는 유방암으로 판명 났다는 전화를 받았다.

하. 내가 유방암이라니.

마침 눈앞에 핑크리본 캠페인이 한창이었다.

며칠 후 태어나 처음으로 서울의 한 종합병원에 입원했다. 나는 태어난 곳조차 병원이 아닌 집이었기에 내 인생 최초의 입원이었다. 그동안 내가 할머니, 언니, 남동생 등 다른 사람을 간병한 일이 많았지만 내가 수술을 받는 것은 처음이었다. 팔에 채워주는 환자정보 팔찌도, 손등에 찔러대는 주삿바늘도, 빳빳한 환자복도, 하얀 병상 침대보도 모든 것이 신기했다. 처음 경험하는 병원생활이 수술을 앞둔 불안함보다는 오히려 흥미롭기까지 했다. 게다가 수술을 핑계로 아주 정당하게 며칠 푹 쉰다는 생각에 마음에 여유까지 생겼다. 이 얼마 만의 휴식이란 말인가. 정말 며칠 잠 좀 푹 자보는 게 소원이었던지라 병원에서 간호를 받으며 한동안 쉴 생각에 신나 있었다.

나는 얼마나 단순한지. 암 그까짓 거 수술해서 떼어내 버리면 그만이지 하고 쉽게 생각했다.

다음 날 나는 오른쪽 가슴에 칼을 대어 암세포를 중심으로 일부분을 도려냈다. 예정보다 길어져 수술시간은 여섯 시간이 걸렸다. 유방암 수술은 두 가지가 있는데 하나는 암이 발병된 부위의 유방을 전체 다 도려내는, 그야말로 편평해지는 전절제 수술이 있고, 두 번째는 암세포를 중심으로 유방의 일부를 절제하는 부분절제 수술이 있다. 이 경우 유두도 같이 절제되는 경우가 많다. 보통 전절제를 하는 경우 좌우 균형이 틀어져 척추 등에 무리가 가서 체형이 뒤틀릴 수가 있다. 그래서 인공유방 보형물을 넣는 가슴재건 수술을 하거나 착용하는 형태의 인조유방 의료기를 사용한다. 나는 전절제가 아니라 부분절제여서 다행히 외관상 큰 변화는 없었다. 그래도 어쨌거나 나 자신에게는 미안한 일이었다.

그리고 그날 밤의 내 미안함에 대답하기라도 하듯 긴 수술 흉터는 예쁘게, 무척 잘 아물어 주었다.

# 두려움 따윈
# 보글보글 찌개나 해 먹겠습니다

입원한 지 일주일 째. 여느 때처럼 핸드폰으로 뉴스 기사를 보던 중, 좋아하던 한 배우가 사망했다는 기사를 읽었다. 사인은 폐로 전이된 대장암이란다. 평소였다면 그 소식을 듣고 안타까워하고 말았겠지만, 지금은 다르다. 2주 전쯤 암을 통보받고 수술대에서 나온 지 이제 갓 일주일이 지나서 들은 그 소식은 내 마음을 온통 흔들어댔다. 마음을 진정하기가 쉽지 않았다.

'암은 현대 의학으로 웬만하면 다 낫는 거 아니었어? 게다가 유명한 연예인이잖아. 최고의 치료를 받았을 거잖아.'

하지만 내 암은 폐가 아니라 유방이었다. '여자의 유방이란 기관은 폐와는 달리 생명 유지와는 직접적인 관계가 없으니까 유방암으로 죽지는 않겠지?' 핸드폰을 들고 검색사이트 창을 열었다. 조심스레 한 자 한 자 글자들을 입력하여 기사들을 읽어나가는데 아뿔싸. 몇 해 전 유방암으로 유명을 달리한 여배우의 기사가 떴다. 그것도 나보다 어린 나이에… 몇 번이고 기사들을 다시 읽었다. 병에 대한 정보를 확실히 안 순간, 눈물이 왈칵 쏟아졌다. 사방으로 커튼이 쳐진 8인실 병상에서 숨죽여 눈물을 훔쳐낸 지 한 시간쯤 흘렀을까. 겨우 눈물이 멈추었다. 휴지통에 눈물 콧물을 닦은 휴지들을 꾹꾹 눌러 담으며 내가 느낀 감정을 생각했다. 그때 나는 이 병으로 죽을 수도 있다는 사실을 처음으로 자각하며 두려움과 마주하고 있었다.

내가 암에 걸리기 전에는 조용하던 세상이었는데, 암에 걸리고 나니 여기저기 암으로 떠난 이들의 소식이 전해졌다. 마치 누군가 일부러 나에게 그런 소식만 골라서 전하는 듯 주변에 온통 암으로 세상을 떠난 이들의 소식이 계속 들렸다. 혼자 우연히 본 영화에서도 주인공이 암으로 세상을 떴다. 믿기 싫었지만, 보험회사에서 상품을 팔기 위해서 사용하는 멘트라고만 치부했던 '한국인의 사망 원인 1위는 암'이란 말은 사실이었다. 내가 느낀 공포가 괜한 것만은 아니었다. 그땐 비록 유방암 1기였지만 말이다.

병실에서의 밤은 길고 길다. 낮에는 내내 잔다. 밥을 먹고 자고 심심하면 자니까 밤에는 잠이 오지 않는다. 혼자 쓰는 방이 아니니 불을 끄고 누워서 자는 척이라도 해야 한다. 한번은 잠이 오지 않아 몸을 뒤척이고 있는데 건너편 침대의 환자 한 분이 옆 침대의 환자에게 나지막하게 말을 거는 소리가 들려왔다.

"자?"

"안 자. 잠이 안 오네."

"그러게. 나도 그러네. 참, 옆 병실에 OO언니, 요즘 안 보이던데."

"오늘 죽었잖아."

"응? 무슨 소리야, 지난주까지 이야기 잘하고 얼굴 좋아 보였는데?"

"오늘 짐 다 뺐어. 갑자기 그렇게 됐대."

"어이구, 참… 너무하네."

"그러게, 암은 초기라고 해도 안심 못 해. 전이되고 재발하면 끝인데 뭐…"

'암은 전이되고 재발하면 끝'이라는 말이 내 뇌 속에 깊이 박혔다. 마치 나더러 들으라고 한 말 같았다. 두 손으로 이불 끝을 잡고 머리끝까지 조용히 덮었다. '아니야, 나는 초기라서 괜찮을 거야.'

만약 어느 날 암이 전이되어버리면 나는 어떻게 해야 할까. 가끔 그런 걱정을 했고 그럴 때마다 '전이되고 재발되면 끝'이라는 말이 계속 맴돌았다. 동시에 마음속에 두려움이 엄습했다. 나를 잃고 살아갈 가족들이 아무렇지 않게 잘 살아갈 수 있을까. 그 슬픔이 나의 가장 큰 두려움이었다. 하루하루 겉모습도 속마음도 변해갈 내 자신이 두렵기도 했다. 힘든 시간이 길어지면 길어질수록 지쳐갈 주변인들의 마음도 두려웠다. 단순히 이제 세상과 이별해야 한다는 사실보다는 나와 관계된 많은 일과 사람들이 떠올랐다. 그러나 그 두려움을 이길 수 있는 것도 '나'뿐이었다. 내가 치료해야 할 것은 암이라는 병뿐만이 아니었다. 병으로 변화된 현실이었다. 이 사실을 받아들이고 나니 오히려 담담해졌다. 그리고 이겨낼 방법은 하나뿐이라는 것도 알게 되었다. 결국, 병보다 두려움보다 나는 더 강한 사람이라고 믿어야 한다는 걸.

암과의 사투는 내 마음속 두려움과의 사투이기도 했다. 어차피 누구나 한 번은 죽는 건데 두려움에 묶여 산다는 건 어쩐지 억울한 일이다. 죽을 때 죽더라도 암 앞에 벌벌 떨다 죽고 싶진 않았다. 그런다고 나를 봐줄 녀석이 아니다.

두려움을 대하는 태도도 결국 내가 선택할 문제였다. 두려움에 삼켜질지 두려움을 삼켜버릴지. 암세포의 독성이 얼마나 막강한지에 대해 곱씹으며 끌어안고 상기하고 있기보다는 그 '막강한 암세포'보다 내 면역력과 내 의지는 더 막강하다고 나를 믿어보기로 했다. 그렇게 스스로 최면을 걸며 내 속을 부글부글 태우던 두려움 따윈 집어 던져버리고 대신 결국은 내가 이긴다고 밑도 끝도 없는 무한 긍정의 늪으로 서서히 한 발 한 발 들여놓았다. 언젠가는 암 덩어리 요 녀석, 생각지 못한 나의 천하태평 한 자세에 당황해서 암세포 증식 시스템에 자체 오류가 발생해 스스로 자폭해버리라는 주문을 걸면서.

## '삭발의 꿈'이 이루어질 줄이야

항암 치료를 위해 처음으로 입원한 암 병실에서의 첫날을 잊을 수가 없다. 기척과 동시에 어스름한 아침빛이 비치는 병실, 이 침대 저 침대에서 잠을 깬 환자들이 하나둘 모습을 드러내기 시작하는데 순간 눈앞에 비구니 스님들이 스친다. 환자들도 스스로 여기가 절이냐 병원이냐 농담할 만큼 어렴풋한 빛에서 보면 헤어스타일 때문에 영락없이 절복을 입은 비구니 스님이었다. 환자복이나 절복이나 새벽녘에 보면 디자인도 비슷하다. 그리고 나도 곧 그 대열에 합류해야 했다.

첫 항암제 투여 후 15일이 지나면 탈모가 진행된다고 하더니 서서히 베개에 머리털이 묻기 시작했다. 때는 12월 중순이었다. 평소 추위를 많이 타는 체질이라 집에서도 늘 두꺼운 니트 카디건을 걸치는데, 털실 옷에 머리카락이 붙으니 그걸 한 올 한 올 떼는 일이 너무 귀찮았다. 결국 머리를 시원하게 밀기로 했다. 사실 어떻게든 버티고 싶은 마음에 고무줄로 머리를 단정히 한 갈래로 묶어놓고 비니를 눌러 쓰고 있었지만, 면 비니가 털 비니가 될 지경이었다.

본격적인 삭발 작업에 들어가기 위해 언니와 함께 화장실에 쪼그리고 앉았다. 내가 고개를 숙이고 있으면 언니가 가위로 머리카락을 대충 잘라낸 후 작은 미용 면도기로 깨끗하게 밀기로 했다. 하지만 둘 다 이런 일은 처음이라 어설프기 짝이 없었다. 탈모가 골고루 진행되었더라면 용기를 내어 미용실에 갔을 터인데 나는 유독 한쪽이 심하게 빠져버린 상황이었다. 그때의 나는 여자 골룸이었다. 내가 보기에도 혐오스러운데 남에게 보이기란 돈을 준대도 싫었다. 하는 수 없이 애꿎은 언니한테 또 매달렸다.

그런데 화장실에 쪼그려 앉을 때부터 우린 웃

음이 '빵' 하고 터졌다. 나이 서른 넘은 두 여자가 일곱 살 개구쟁이들처럼 바닥에 쪼그리고 앉아 미용실 놀이하듯 가위와 면도기를 들고 머리를 밀고 있는 상황이 우스웠다. 안 그래도 어설픈데 웃느라 눈물 콧물 짜며 작업을 마치고 고개를 들자, 순간 언니 얼굴은 얼음이 됐다.

"왜?"

"네가 거울 봐봐."

언니의 오묘한 표정을 보며 현실감을 되찾고 불안해하며 거울을 봤다.

"이게 뭐야!"

반전이었다. 나는 두상이 작아서 머리를 밀어도 예쁠 거라고 내심 기대했는데 아니었다. 슬프게도 내 두상은 끝이 뾰족했던 것이다. 양쪽 귀의 특징 또한 한몫을 더했다. 귓바퀴 위쪽이 살짝 뾰족한 엘프 귀였고 그마저도 짝짝이였다. 뾰족한 두상과 뾰족한 두 귀, 영화 속 외계 생물체의 모습이 거울 속에 완벽하게 재현되어 있었다. 순간의 충격과 실망에도 불구하고 어쨌든 시원하게 머리를 밀었다는 뭔지 모를 성취감이 만족스러웠다. 드디어 나는 삭발녀가 된 것이다.

나는 어린 시절부터 헤어스타일에 불만이 많았다. 중학교를 입학하느라 미용실에 가서 긴 머리를 단발로 싹둑 잘랐을 때 속상한 마음에 말없이 눈물을 뚝뚝 떨어뜨렸다. 늘 긴 머리를 양 갈래로 땋고 다녔는데 갑자기 원하지도 않은 단발머리라니. 집으로 돌아와 거울 앞에 서니 그렇게 못생길 수가 없었다. '댕강' 하고 귀밑으로 바짝 잘린 촌스러운 단발 길이, 넓은 이마와 그 주위를 부슬부슬하게 덮은 곱슬머리, 빈약한 숱… 이 모든 것이 한데 어우러져 그야말로 총체적 난국이었다. 거울 앞에 서서 얼굴을 잔뜩 일그러뜨리고 머리를 빗으로 쓱쓱 빗어대고 있는데, 술이 살짝 취한 아빠가 들어오셨다. 그런 나의 모습을 보신 아빠는 어깨를 축 늘어뜨리며 말씀하셨다.

"아빠 닮아 그래. 아빠가 미안하다."

아니, 미안하시다니. 빈말이라도 귀엽다거나 잘 어울린다고 하셔야지 미안하시다니. 어쨌든 아빠를 닮아 나는 곱슬머리였다. 숱 없는 곱슬머리. 비가 오지 않아도 곱슬거리는 머리카락은 어린 나를 우울하게 했고 여름날 뜨거운 고데기까지 잡아야 한다는 건 불쾌지수가 솟구치는 일이었다. 풍성하고 볼륨감 넘치는 탄력 있는 헤어에 대한 로망은 나에겐 실현 불가능한 로망일 뿐이었다. "옷은 날개입니다. 그러나 헤어는 모든 것입니다"라는 한 헤어숍의 카피에 온 마음으로 공감하던 사춘기 시절, 어느 날 생각했다. '그냥 확 삭발해서 가발을 쓰고 다닐까 보다. 일석이조인데…'

생각만 해도 속이 시원했다. 머리를 감을 일도, 말릴 일도, 염색을 할 일도, 파마를 할 일도 한 번에 없어지겠지? 그뿐인가. 외출할 때마다 머리카락을 붙들고 시름하지 않아도 되니 허둥지둥할 일도 없겠지. 이거 생각할수록 괜찮은데.

하지만 그땐 몰랐다. 바람이 세게 불면 재빨리 두 손으로 가발을 잡아야 한다는 것을, 수영장이나 공중 사우나에는 보통 용기가 아니고서는 들어갈 수 없다는 것을, 사람들과 함께 운동하는 일은 스릴이 넘치다 못해 호러가 된다는 것을, 햇볕이 뜨겁거나 눈발이 날리는 추운 날조차 모자를 덧쓰기가 정말 부담스럽다는 것을. 그리고 가발이 옆으로 살짝 돌아가는 순간 엄청난 대가(?)를 치르게 되므로 자주 가발의 위치를 확인해야 한다는 것을.

가발이라고 다 잘 어울리는 것도 아니었다. 처음 가발 매장에 갔을 때, 그토록 바랐던 머리털이 길고 풍성한 가발을 써봤다. 하지만 헤어숍의 포스터 속 완벽한 이미지를 기대했던 것과 달리 내가 쓰니 그렇게 어색하고 거북할 수가 없었다. 이것저것 써보다가 결국 발병 전 헤어스타일과 똑같은 단발머리 가발을 샀다.

머리카락이 몽땅 없어지고 나서야 알았다. 바람이 불면 곱슬곱슬거릴지언정 자연스럽게 휘날리는 머리카락의 동선이 얼마나 아름다운지를. 가발은 한 올 한 올 휘날리는 섬세함은 절대 연출하지 못한다. 그리고 또 알았다. 야구 모자를 썼을 때 귀밑으로 송송 자리 잡은 솜털 같은 머리털들이 얼마나 귀한지를.

눈앞에 아주 탐스럽게 잘 익은 무김치가 상큼하고 향긋한 냄새를 풍기고 있었다. 한 입만, 딱 한 입만 먹으면 지금 죽어도 여한이 없을 것만 같은 간절함을 담아 하나를 집어 올렸다. 그러고는 앞니 끝으로 새끼손톱만큼만 깨물었다.

"악"

맛을 음미할 새도 없이 혀끝에서 직통으로 목구멍을 지나는 고춧가루의 위력은 실로 어마어마했다. 식도에서 불이 나는 것 같았다. 두 손으로 목을 꽉 부여잡고 '잘못했습니다'를 난발하며 무릎을 꿇은 채 한참동안 몸을 웅크리고 있었다. 어금니로 꽉 안 깨물어 먹었으니 망정이지, 진짜 죽을 뻔했다. AC항암제는 나의 식도를 불태운 것이 틀림없다. 이렇게까지 예민할 수 있단 말인가.

몸에서는 평소 좋아하지도 않던 매운 음식만 계속 호출을 해대고 식도에서는 진입 불가라고 하고, 아주 죽을 맛이다. 이 와중에 골뱅이 국수는 왜 이렇게 아른아른할까. 골뱅이 국수를 먹어본 기억도 없는데 몸은 그렇게도 찾아댄다.

항암 치료를 시작하면서 입맛은 계속 사라져 갔다. 검사할 때까지만 해도 줄을 서서 먹을 정도로 너무나 맛있던 병원 지하의 간식거리가 항암이 시작된 후 쳐다보기도 싫은 음식이 되었다. 그곳을 지날 때마다 흠흠 하고 코를 들이대던 고소한 향이 코를 막아야 할 정도로 역해졌다.

한때는 이것저것 다 먹고만 싶던 각종 간식거리가 이제는 체력을 보충하기 위해 먹어내야만 하는 것들이 되었다. 마트의 식품 진열대를 돌고 또 돌아도 손이 가는 것이 없어 얼마나 고민을 하는지. 그럼에도 뭔가를 먹어야만 한다.

어느 날 밤 11시 반. 늦은 시간이지만 나에게는 가장 활동적인 시간이다. 잠깐의 휴식 시간. 군것질이 하고 싶다. 항암의 여파로 야식도 군것질도 자동적으로 끊어진 지 오래인데 뜻밖이다. 원하는 종목까지 있다. 편의점 한쪽에 옹기종기 모여사는 바삭바삭한 스낵들. 그중 한 봉지를 오늘, 바로 이 순간, 꼭! 먹어야겠다.

곧바로 외투를 걸쳤다. 모자를 푹 눌러쓰고 자유의 상징인 삼선 슬리퍼를 끌고 집을 탈출해서 3분 거리의 편의점으로 달려갔다. 이 늦은 시간까지 불이 켜져 있는 고마운 편의점. 내가 오면 과자 한 봉지 내주려고 이 시간까지 기다린 아르바이트생은 또 어떻고. 내 손에는 그까짓 과자는 열 봉지 아니 스무 봉지도 결제할 수 있는 카드가 쥐어져 있다. 이 순간, 모든 것이 나를 위해 존재했다.

진심을 가득 담아 편의점 야간 아르바이트생에게 허리 숙여 감사하다는 인사를 하고 과자 한 봉지를 꽉 껴안고 집으로 신나게 달려와 방문을 닫았다. 밤 12시가 넘은 시간 혼자 바스락거리며 먹던 스낵의 맛이란. 진정 행복했다. 진한 소확행의 참맛이었다. 얼마 만에 먹는 야식인지 모른다.

내가 진짜로 원했던 건 바삭바삭한 스낵의 맛과 더불어 건강할 때 누리던 지극히 평범한 일상에서 순간순간 누리는 소소한 행복이었을 것이다.

치료 중에 내 마음을 가장 허하게 했던 것이 '먹지 못하는' 고통이었다. 대단히 맛있는 음식을 못 먹은 것이 아니다. 슈퍼마켓으로 달려가 출출함을 달래줄 크래커 하나를 먹고 싶었고, 봉지에 담긴 빵 하나를 먹고 싶었다. 매콤한 골뱅이 국수를 호로록 말아 먹고 싶었고, 나물을 넣고 쓱싹쓱싹 비빈 비빔밥을 우걱우걱 퍼먹고 싶었다. 우울할 때마다 찾던 딸기우유도 마음껏 마시고 싶었다. 돈이 없어서도, 시간이 없어서도 아닌데 그것들을 눈앞에 두고도 먹지 못한다는 건 괴로운 일이었다. 그 지극히 평범한 일상에 대한 미칠 듯한 그리움이 밀려들 때면 지난날을 후회했다.

아프기 전, 하루 일을 끝내고 자정 넘어 집으로 돌아가는 길에 편의점에 들러 홀로 사 먹던 샌드위치를 그렇게 우울하게 먹을 일이 아니었다. 휴일이면 혼자 먹는 아침 식사의 빈약한 반찬을 초라하다고만 생각할 것도 아니었다. 그 순간의 작은 휴식과 허기를 달래주는 온기가 소중한 것이었음을 그때는 알지 못했다.

가만히 살펴보면 지금 내가 먹는 빵 한 조각, 달달한 초콜릿 한 입, 따뜻하고 향기로운 차 한 모금에도 그 속에는 잠깐의 휴식, 피로를 달래는 작은 만족감, 원하는 것을 얻은 소박한 성취감, 그리고 마음을 보듬는 위로가 소중하게 담겨 있다.

## 보통의 계절을 지나고 있습니다

12월 31일 밤이었다. 정확히는 자정을 2시간 앞둔 시간이었다. 한 지인이 참석하고 있는 모임에 음성으로 나를 연결해줬다. 원래라면 나도 참석해야 하는 중요한 모임이었다. 휴대폰 너머로 들리는 모임의 분위기는 연말의 흥분과 기쁨, 놀라움과 새로운 희망으로 뒤엉켜 웃음과 환호, 박수 소리로 넘쳐났다. 이날은 어디라도 다 그랬을 것이다. TV 속 화면도 온통 축제의 장면들이었다.

나는 방에 혼자 누워 있었다. 크리스마스이브에 맞은 항암제의 여파로, 앉아서 몸을 가누는 것도 힘들어 하루 종일 누워 있었다. 세상과 내가 완전히 분리된 듯 그날의 이질감은 너무나 생경했다. 매해 연말연시가 그러하듯 이날도 다가오는 해가 어떤 해인지는 알 수 없지만, 새해가 오면 뭔가 특별한 해가 될 것이라는 알 수 없는 기대감으로 저마다의 바람을 염원하고 나도 그 첫 시간을 당연히 그렇게 맞이하는 게 자연스럽게 몸에 배었다. 그런데 갑자기 거기서 튕겨 나온 낯선 느낌이 어색했고 작은 상실감마저 느껴졌다. 연말을 어김없이 누군가와 함께, 혹은 TV로라도 들뜬 마음으로 카운트다운을 하며 보내는 시간을 처음으로 잃어본 상실감 말이다.

슬프지는 않았다. 그러나 하나가 두려웠다. 새해를 맞이하는 첫 시간의 카운트다운을 하는 순간, 꼭 저들과 같이 카운트를 하며 요란스럽게 맞이하지 않으면, 괜히 나 혼자 새로운 해를 맞이하지 못하고 이 해에 갇혀버릴 것 같은 고립감이었다. 나의 현실은 '환자 버전'의 지루한 일상이 한없이 느린 속도로 흐르고 있으니 말이다. 오늘은 어제와 전혀 다르지 않았고 분명 내일도 그러하리라.

괜스레 우울한 분위기를 타려는 찰나, 이 시간

을 '세상에서 제일 보통스럽게' 보내고 싶어졌다. 시끌벅적한 세상의 모든 소리를 무시하고 스스로 고립을 택하리라. 모든 외부의 소식을 꺼버리자 주위가 조용해지면서 이윽고 무덤덤해졌고 약기운에 살짝 졸려왔다. 카운트다운을 하려면 아직 한참을 더 있어야 하지만 불을 끄고 이불을 덮고 조용히 잠을 청했다. 세상에 아무 일도 일어나지 않은 것처럼 어제와 똑같이. 그러자 지극히 보통스러운 평온함이 방안 공기 가득 채워졌고 세상에서 가장 편안한 시간을 보내는 사람이 된 듯 이내 달콤하게 잠이 들었다.

한동안 포털 사이트 메인에 연예인 이효리가 한 말이 유행어처럼 떠 있었다.

"뭘 훌륭한 사람이 돼? 그냥 아무나 돼."

촬영 중에 길거리에서 만난 어린 학생에게 출연진 중 한 명이 인사치레로 커서 훌륭한 사람이 되라며 건넨 말에 이효리가 맞받아치며 한 말이었다. 그래, 우린 왜 이다음에 커서 훌륭한 사람이 되라며 괜한 소리로 자라나는 꿈나무들을 옥죄었단 말인가. 아무나 되면 좀 어때서.

사실 나는 늘 초조했다. 내 존재에 대해 정의하라면 나는 한 마디로 '우주의 먼지'였다. 그래서 늘 신 앞에서 '우주의 먼지' 같은 인생임을 고백했고 그러면서도 한편으론 내가 살아온 날들이 바람에 흩어지는 먼지처럼 무의미하고 허무하게 끝나지 않기를 기도했다. 나의 하찮음이 사람들 앞에 드러날까 부끄러웠고, 내 인생이 아무것도 아닌 채 묻혀버릴까 때론 두려웠다. 그 감정들은 '무언가로 인정받고 싶은 욕구'였다.

그런데 어느 순간, 그런 나의 존재에 대한 불편함이 무덤덤해지기 시작했다. 나는 잘난 것도 내세울 것도 하나 없는 지극히 평범하고 평범한 '아무나'고 그래서 오히려 자유로웠다. 지금 가까이 있는 주변 사람들이 나를 보는 시선을 예측하건대 이 중 하나가 아닐까 한다. 거의 매일 가는 도서관에서는 동네 백수, 좀 친분 있다 싶은 알 만한 사람들에게는 4기 암환자, 그리고 어른들 눈에는 혼기 놓친 노처녀.

여기서 내가 좀 더 망가진다고 해도 누구 하나 신경 쓸 사람도 없지 않은가. 기왕 이렇게 된 것 어디 한번 대놓고 망가져야겠다는 생각이 들면서 스스로를 지칭하는 단어로 '동네 백수'라는 표현을 쓰게 된 것이 부끄럽지 않아졌다. 대신 나에게도 계획이 하나 있다. 그렇게 나를 동네 백수로 아주 보란 듯이 대놓고 망가져 보이고서는 뒤에서 어쭈? 요것 봐라? 할 소리 나오게 얍체같이 뭔가가 되어 있기가 지금의 내 요망한 계획이고, 삶의 원동력이다. 사람들의 시선에서 나를 자유롭게 만들고 뒤에서 소리 없이 묵묵히 내 인생을 근사하게 만들어 보리라. 친구들 앞에서는 같이 놀 거 다 놀면서 시험공부 못 했다며 울상을 지어놓고, 뒤에서는 코피 쏟으며 공부해서 뒤통수를 치는 얍체 공붓벌레처럼 말이다.

인생은 때론 버티기다. 무엇인가 이루어지려면 시간이 절대적으로 들어가야 할 테니 말이다. 그런 '버티기의 시간' 동안 나를 버티게 하는 건 어쩌면 꿈이 아니다. 지금 세상으로부터 '아무나'로 불려도 요동하지 않는 묵직한 멘탈이 아닐까.

# 어서 와, 유방암은 처음이지?

방사선실은 생각보다 꽤 추웠다. 상체에는 두껍지 않은 가운 하나만 걸친 채로, 방 한가운데 놓인 철제침대에 누워 다음 안내를 기다렸다. 어디선가 우르르 흰 가운을 입은 남자 의사들이 대여섯 명 들어와 내 주변을 둘렀다. 담당 의사가 말했다.

"가운 벗고 누우세요."

가운을 벗으라니… 당혹스러웠다. 혹시 속옷을 입고 들어왔어야 했나. 작은 소리로 선생님을 불렀다. "선생님. 혹시 상의는 다 벗고 맨몸으로 눕는 거, 맞나요?"

담당 의사는 순간 멈칫하더니 이내 뭐 잘못됐냐는 듯 눈을 한 번 좌우로 굴리고는 그렇다고 말했다. '아, 이 무슨 상황이란 말인가. 이건 악몽일 거야. 악몽.' 체념하고 일단 가운을 벗었다. 잠시 후, 모든 의료진이 내게 바짝 붙었다. '그래. 나는 '여자 사람'이 아니라 검사대 위에 누워 있는 '환자 사람'이야. 가슴 부위가 아픈 환자 사람.'

의료진은 내 가슴 위에 펜으로 긴 선들을 하나씩 그리기 시작했다. 아. 이건 마치 내가 돼지고기가 된 느낌이 들었다. 담당 의사는 정육점 주인이고, 둘러선 의료진은 고기를 살펴보는 손님, 뭐 그런 느낌. 병동에 있는 환자들에게 들어서 방사선 치료 때 몸에 그림을 그린다는 건 알고 있었는데 이런 느낌인지는 전혀 몰랐다. 그 뒤로 한 달이 넘게 거의 매일 방사선 치료실의 철제침대 위에서 의료진에 둘러싸여 나의 알몸을 보여야 했다. 다행히, 이제는 딱 두 사람이었다.

유방암을 치료한다는 건 그 부위에 대해 수많은 노출과 동시에 의사의 손길이 닿는다는 것을 의미하기에 사전에 그것을 확실히 인지하고 있을 필요가 있다. 그래야 각종 검사와 치료를 하는 동안 정신건강에 해를 입지 않을 테니 말이다. 유방 초음파 검사 경우에는 통증을 걱정할 필요가 없지만, 꼼꼼히 진행하는 편이라 시간이 좀 길어질 수는 있다. 그러나 유방 엑스선 촬영은 정말 아프다. 위아래 두 개의 촬영 철판 사이에 유방을 최대한 넓게 위치시켜야 하기 때문에 담당 의료진이 검사 부위를 최대한 손으로 잡아당긴다. 나처럼 유방의 크기가 작은 환자는 의사나 환자나 서로 힘이 든다. 그리고 이어지는 검사와 수술에서 유방 부위에 주삿바늘이 들어갈 일도 꽤 있다. 바늘 크기를 알면 식겁할 수 있으므로 눈으로 확인하려고 하지 않는 것이 낫다. 그 과정에서 의료진이 환자의 유두를 살짝 잡는 일이 있을 수도 있다.

그 밖에도 일반적인 외래 진료 중에 이상 소견이 있을 때는 그 자리에서 즉시 탈의를 요구하는 경우도 꽤나 있다. 이때는 보통 기계가 아닌 의사의 손으로 검사가 이루어지고 종양의 위치에 따라 누르는 강도가 강해져 상당히 아플 수 있다. 의사가 내 갈비뼈를 부러뜨리려나 싶었을 때도 있었으니 말이다. 여자의 유방이라는 기관은 예민해서 내가 만지기도 조심스럽지만, 의사는 나의 고통에 함께할 여유가 없다. 정확하고 빠른 진단을 위해서 짐작 가는 곳을 최대한 깊숙이, 샅샅이, 빨리 뒤져야 하므로.

이 모든 과정을 여자 의사의 손을 거친다면 덜 당황스러웠겠지만, 혹시 남자 의사라고 하더라도 빠르고 정확한 진단을 할 의료진인가에만 무게를 두고 판단하기로 했다. 생각해보면 살면서 내 유방에 이렇게 깊이 관심을 가지고 살폈던 적이 없다. 나조차도 관심 없던 나의 신체기관에 전문가들이 정성껏 살펴봐 주니 얼마나 고마운가. 의료의 관점으로 생각하면 거부감이나 수치심도 한결 가라앉는다.

마지막으로 팁 하나를 알려주면, 진료실에 들어갈 때는 만일의 사태를 대비해 원피스 착용은 피하는 것이 좋다. 진료 중에 상의를 올릴 일이 있을 때 서로 민망한 일이 생길 수 있으니 말이다.

# 풀지 못할 문제에 빠지지 말기

왜 암에 걸렸을까?

모든 암환자들이 한 번은 건너는 생각의 다리다. 그간의 경험과 얕은 지식, 그리고 동료들의 증언을 토대로 이것에 대해 한번 심도 있게 파헤쳐봤다.

환우 카페의 한 남자환우는 아직 한창 젊은 20대란다. 자신은 평소에 몸 관리하는 것을 좋아해서 건강에는 자신 있었다고 한다. 그가 올린 과거 사진을 보니 배에는 식스팩 비슷한 것도 있었다. 그는 현재 항암 치료 중이다. 가끔 이러고 누워 있는 현실이 잘 믿기지 않는다고 말하면서 마

우리는 피 끓는 청춘답게 파이팅을 외쳤다. 그러게. 나도 이렇게 아프기 전에는 한때 동네 러너였는데.

나도, 내가 아는 암환자들도 운동을 안 해서 비만인 사람은 정녕 없다. 심지어 병실에서 만난 한 아주머니는 1년 내내 달리신단다. 비 오면 운동 안 한다는 사람들은 다 꾀부리는 거라며, 어차피 씻으면 되는 거 아니냐며 가슴을 콕 찌르는 말씀을 하신다. 그러면서 운동 열심히 해도 암은 걸릴 수 있다며 씁쓸한 표정을 지으신다.

그렇다. 각종 기사, 인터뷰에서 암 발병 원인에 대해 말할 때 '적절한 운동과 식습관'이라는 말은 아마도 '나도 몰라'의 다른 뜻인 듯하다. 영국 사이클 선수인 레베카 제임스는 자궁암을, 아르헨티나 요트 선수인 산티아고 랑게는 위암을, 그리고 안타깝게 우리 곁을 떠난 쇼트트랙 노진규 선수는 골육종을 앓았다. 실제 올림픽 선수 출신 중에도 현직에서 암이 발병한 경우가 적지 않으니 그런 어설픈 이유는 이제 그만 말했으면 좋겠다.

병의 치료와 빠른 회복에 있어서, 운동이 절대적으로 필요한 것은 의심의 여지가 없다. 나 또한 그걸 알기에 힘들어도 운동만큼은 꼭꼭 챙겨서 하고 있다. 하지만 운동 부족이 마치 암 발병의 원인이라는 듯한 논리에는 반대다. 그건 환자들에게 상처가 된다. 건강관리도 안 하고 살아온 무책임한 사람이라는 죄책감. 그 느낌, 정말 싫다.

그것이 상처가 되어 마음에 병이 된다는 것을 아는 사람은 많지 않다. 당해보지 않으면 모르고, 모르면 말이 가벼울 수밖에 없다. 자기 마음이 병들지 않도록, 모르고 하는 말들에 적절히 귀를 닫고 마음 간수를 잘하는 것도 환자인 우리 몫인가 보다.

어떤 유방암 환우는 많은 양을 먹는 것도 아닌데 고기를 먹을 때마다 남편 눈치를 봐야 한다고 했다. 남편이 고기를 많이 먹어서 암에 걸린 거라고 주장한단다. 그러고 보니 '서양식 식습관의 변화로 한국 젊은 여성들의 유방암 발병률이 높아졌다'라고 한 기사가 생각난다. 기사대로 정말 동양인 주제에 서양인처럼 육식을 많이 해서 암에 걸린 걸까?

나의 경우를 예로 들어보겠다. 한번은 급하게 고기를 먹다 죽을 뻔했다. 열 살 때였는데 태어나 처음으로 밤잠을 못 잘 만큼 며칠을 끙끙 앓았다. 심지어 낮에는 음식을 먹으면 다 토해내 일주일가량 금식을 했다. 그렇잖아도 말랐는데 더 야위었고 얼굴은 핏기 없이 창백해 당연히 학교도 못 갔다. 새벽마다 혼자 방에서 기어 나와 할머니 품을 파고들며 '할매 손은 약손' 노랫가락에 맞춘 할머니표 손 마사지를 받았다. 어쨌든 열 살 인생 최대의 고비였다. 그 뒤 우여 곡절 끝에 겨우 나았고 원인은 돼지고기 급체. 그 뒤로 돼지고기를 잘 먹지 않았다. 먹으면 여지없이 몸이 힘들었으므로.

가리는 것 없이 다 잘 먹었지만, 남들은 침을 흘리는 삼겹살이니 꽃등심이니 하는 것들은 내게 오면 찬밥 신세였다. 고기보다 야채와 과일을 귀히 여겨 탕수육을 먹으면 나도 모르게 야채만 골라서 먹고 있었다. 스트레스를 받으면 파인애플 통조림 한 통을 끌어안고 혼자 퍼먹었고, 뷔페에 가면 과일 샐러드에 흥분했다. 어린 시절부터 햄버거 사 먹을 돈으로 차라리 된장찌개를 사 먹자고 말했다. 회식으로 고깃집에 가면 고기는 깨작거리고 후식으로 나오는 냉면과 된장찌개를 기다렸는데, 이런 내가 서양식의 육식 식습관을 지향

했는가.

그동안 열심히 살아오느라 스스로를 잘 돌보지 못했을 수도 있고, 내가 모르는 사이 내 마음과 몸이 많이 지치고 힘들어 쉬어 가라고 신호를 보내는 것일 수도 있다. 이유야 어찌 됐건 '왜 하필 나야', '무엇 때문에 암에 걸렸을까?' 하는 문제에 속 시원히 답해줄 수 있는 사람은 이 세상에 없다. 그렇기에 더 이상 문제에 연연하기보다는 이제 내가 앞으로 무엇을 선택해야 하는지를 고민하는 편이 훨씬 낫다.

암에 걸렸다는 말에 누군가 이렇게 조언했다.

"암은 그냥 감기예요. 조금 오래 가는 감기. 누구나 다 걸릴 수 있는 거니까 너무 겁먹지 말아요."

그랬다. 감기에 걸렸을 때 사람들은 '왜 하필이면 나야'라고 생각하지 않는다. 다만 조금 더 몸을 따뜻하게 하면서 휴식을 취하고 병원에 가고 보양식을 챙겨 먹으며 자신을 더 돌보면 될 뿐이다. 그러니 암도 그렇게 대처하기로 했다. 어차피 정확한 원인이란 건 현대 의학으로 밝힐 수가 없으니 괜한 죄책감에도 바보 같은 자책감에도 빠지지 말고 앞으로의 선택에만 집중하자고 말이다.

# 유방암이지만 비키니는 입고 싶어

30대 초반, 나는 다이어트에 집착하고 있었다. 인터넷에 돌아다니는 한 여배우의 청순미 넘치는 모습에 반해 그녀를 빙의하고 싶은 몹쓸 충동이 자극제였다. 유독 마음을 잡아끈 그 사진은 비키니를 입고 해변에 배를 깔고 엎드려서 장난기 넘치는 얼굴로 웃고 있는, 여리여리한 20대 여자의 상큼미 폭발하는 옆모습 컷. 죽기 전에 꼭 한번 갖고 싶은 저 장면. 갖고 싶다, 갖고 싶다, 미치도록 갖고 싶다.

얼굴은 어차피 이렇게 태어나버렸으니 내 평생 몸매라도 바로잡고 살고 싶었다. 그건 불가능해 보이지는 않았으므로. 몸은 옷으로 가릴 수 있으니까 게다가 나이 들수록 얼굴보다는 몸매가 아니던가.

다양한 다이어트 정보가 돌아다녔는데, 그중 당시 유행하던 원푸드 다이어트를 시도했다. 종류는 바나나. 무려 3주를 이어갔다. 그러나 결과는 처참했다. 한동안 바나나맛 우유를 쳐다보지도 못할 만큼 바나나 거부증이 생겼고, 다이어트 후유증으로 체중 감량은커녕 덤으로 붙은 살덩이 때문에 몸무게가 1~2킬로그램은 더 올랐다. 요요였다. 원푸드 다이어트는 포기했다.

그래, 먹는 건 먹고 대신 운동을 하자. 운동을 덜 해서 그런 거라 여기며 부지런히 이른 아침과 저녁에 동네 운동장과 러닝머신 위를 달렸다. 땀이 나는 건 좋았으나 복병이 있었다. 태어날 때부터 달고 나온 것이 아닌가 싶던, 단 한순간도 나와 떨어져 본 적이 없던 종아리 알이 더 탄탄하고 두툼하게 오르는 것이 아닌가. 일단 단단한 근육을 부드럽게 해야 한다고 판단해 종아리와 허벅지를 멍이 들도록 주물주물 마사지를 했다. 그러나 알은 풀리지 않고 시퍼렇게 멍만 들어 스커트를 입을 때면 파운데이션을 발라야 했다. 이게 아닌데….

스트레칭을 많이 해야 근육이 이완되어 라인이 예뻐진다고 해서 밤마다 벽에 두 다리를 올리고 좌우로 최대한 쫙 벌려놓고 잠을 청하기도 했다. 아침에 깨어나 보면 다리가 머리 위에 있기 일쑤였다.

나름의 노력에도 불구하고 뾰족하게 달라지는 건 없었다. 그렇다고 방법이 없다고 생각하진 않았다. 하다하다 안 되면 의학의 힘을 빌리겠다는 마음으로 재산을 탕진할 각오를 했다. 다이어트는 나의 오랜 꿈이었다.

상체는 55, 하체는 77. 이것이 이십 대의 내 신체 치수였다. 일명 하체비만. 옷을 사러 갔다가 66 치수 바지가 맞지 않는 내 몸을 보며 그럴 리가 없다고, 이 집 옷이 뭔가 이상하게 만들어졌다며 현실을 부인하던 엄마, 함께 목욕탕에 갔다가 상하체가 비현실적으로 따로 노는 동생의 몸매에 놀란 언니, 뒤에서 내 다리를 보고 놀라서 달려와 "너 다리가 왜 그래? 언니가 기도해줄게!"라며 나를 두 번 죽인 교회 언니. 내 평생 단 하루라도 날씬

하고 균형 있는 몸매로 살아봤으면 하고 꿈꿨으나 그런 날은 오지 않았다. 그로 인해 꽃다운 이십 대부터 비키니는커녕 원피스 수영복조차도 입을 생각을 쉬이 하지 못했다.

일에 치이느라 다이어트를 할 기초 체력도 떨어지던 때 마치 운명처럼 유방암이 찾아왔다. 독한 항암 치료는 내 몸의 살덩이들을 쏘옥쏘옥 잘도 빼갔다. 첫 항암 치료를 마치고 퇴원하던 날, 간호사들과 찍은 사진을 보다가 깜짝 놀랐다. 사진 속 내 다리는 이게 진정 내 것이란 말인가 싶을 정도로 날씬했다. 그렇게 빼려고 안간힘을 쓰고 맥주병 소주병 다 동원해 밀던 종아리며, 말벅지는 어디로 사라지고, 마치 남의 것을 붙여놓은 듯 내 다리는 몰라볼 모습이 되어 있었다. 그렇게 의학의 힘으로(?) 다이어트의 기쁨을 맛볼 수 있었다.

그로부터 2년 후, 신나게 두 번째 항암 치료를 진행 중일 때 나는 처음으로 해외여행을 갔다. 돈이 있어서도, 해외여행에 미쳐 있어서도 아니다. 친한 친구 녀석이 나쁜 놈에게 사기를 당해 매일 나를 붙잡고 울고불고했다. 녀석을 좀 진정시키려고 하는 수 없이 쌈짓돈을 쏟아부어 여행에 동행했다.

기대 없이 떠난 그곳은 이국적인 리조트였다. 밤에도 은은한 조명 아래에서 물놀이를 즐길 수 있는 전용 풀장이 두 층에 걸쳐 있었다. 무엇보다 내 마음을 잡아끄는 건 리조트 제일 안쪽에 자리 잡은 프라이빗 비치였다. 넓지도 길지도 않았지만 나지막한 파도가 찰싹거리고 해변 곳곳에 파라솔 그늘이 드리워진 비치베드가 쌍쌍이 놓여 있었다. 저녁이면 그윽하게 먼 하늘에 석양이 물들었다. 가끔 잡지에서 보곤 하던 파라다이스 분위기를 물씬 풍기는 그런 곳이었다.

무엇보다도 이곳은 외국이 아니던가. 몸매와 상관없이 너무나 자연스럽게 비키니를 입은 외국인들이 해변을 거닐고 있는, 해변에 엎드려 호젓하게 독서를 하는 자유의 땅이었다. 내 언젠가 인터넷에서 보며 갖겠노라 다짐했던 그 장면을 마음껏 연출해볼 수 있는 곳. 아… 이곳은 바로 그런 곳이었다.

배정받은 방에 짐만 내려놓고 곧장 수영복을

갈아입고 환상의 해변으로 달려갔다. 실제 느낌은 상상보다 훨씬 더 좋았다. 바람은 따뜻했고 사람들로 붐비지 않았다. 남의 시선이 신경 쓰인다거나 누군가를 의식할 필요가 없었다. 나도 사진 속 그 연예인처럼 청순미가 폴폴 흘러넘치리라 믿어버리면 그만이었다. 그래, 여자라면 해변에서 수영복은 한번 입어봐야지. 기왕이면 비키니로다가. 암요.

내 나이 서른일곱. 머리는 군인 스타일에 그마저도 항암 치료 중이라 듬성듬성 빠져 있다. 한쪽 가슴엔 긴 수술 자국까지 나 있다. 하지만 기뻤다. 해변에서 오랫동안 꿈꾸던 모습을 현실로 만드는 날이 오다니. 외모는 어떨지 몰라도 기분은 20대 생기 터지는 인터넷 사진 속 그녀가 되는 순간이었다.

아픈 4년의 시간에 내가 꿈꾸던 많은 일이 이루어졌다. 그동안 언젠가는 언젠가는 하며 밀어두었던 가족관계의 발전, 용기가 없어 발을 내딛지 못했던 내 길에 대한 발견과 도전, 자존감의 치유 등 예전에는 미처 몰랐던 깨달음과 마음의 여유까지, 눈에 보이는 것들과 또 보이지 않는 수많은 것들이 달라졌다.

행복은 해피엔딩으로 끝나는 드라마처럼 모든 것이 완벽하게 정돈된 모습으로 오지는 않겠지만, 이것 또한 내가 얻은 소중한 깨달음이었다. 중요한 것은 원하고 바라는 것이 이루어지는 날이 있더라는 것이다.

사람은 죽는 순간까지 욕심이란 걸 부려야 한다고 생각한다. 그 욕심이 내 남은 인생에, 저마다의 삶에 창조력을 더해주는 원동력이니 말이다. 때론 엉뚱하고 무모할지라도 내 남은 꿈들을 무한히 응원한다.

## 내 '정신이'도 사랑해주기

아무래도 컨디션이 너무 안 좋다고 느껴졌다. 수술과 항암, 방사선치료까지 다 마친 지 이제 1년 조금 지났는데 설마 내가 어딘가 많이 안 좋아져서 이러는 것이 아닌가 하는 생각을 떨쳐버릴 수가 없었다. 병원에 한번 가봐야 할 것 같았다. 치료까지야 안 바란대도 요즘 내 증상에 대한 원인이라도 알고 싶었다.

그러나 콕 집어 어디가 특정해서 안 좋은 게 아니라 이것저것 구질구질하게 복합적으로 출현하는 내 증상은 접수부터가 애매하다. 도대체 어느 과 진료를 봐야 한단 말인가. 혼자 고민하다가 다니는 병원 대표번호로 전화를 해서 물었더니 가정의학과 진료를 보라고 한다.

진료실을 들어가니 연세가 지긋하신 의사선생님이 부드러운 음성으로 어디가 안 좋아 왔냐고 웃으면서 물어주셨다. 그럼에도 불구하고 나는 웃음기 하나 없는 창백하게 긴장한 얼굴로 핸드폰을 내밀며 말했다. "제 증상을 적어 왔어요. 제가 다 기억을 못 할 것 같아서…." 그리고 하나 더. 사람 귀에 또렷하게 잘 들리도록 또랑또랑한 목소리로 말할 힘이 없었다.

내가 적어 낸 증상은 대충 이랬다. '두통. 트림. 메스꺼움. 식은땀. 설사. 팔다리 무기력. 어지럼증. 이명.' 이렇게 무려 여덟 가지 증상을 매일 겪고 있었다. 그 덕에 아침에 자리에서 간신히 일어났다가 아침 식사도 하는 둥 마는 둥 하고는 밥숟가락을 놓자마자 다시 방으로 들어가 이내 잠들어버렸다. 온몸에 힘이 없어 집에 아무도 없는 날에는 화장실을 기어가기도 했다. 그러다 보니 잠에서 잠시 깨더라도 할 수 있는 일이 없어 그냥 또 핸드폰을 들고 이 증상들을 검색하고 있는 게 나의 주 일과였다. 항암을 마친 지가 언제인데 몸

상태는 회복될 기미가 보이지 않았고 게다가 하루에 보통 15시간을 자는데도 늘 피곤한 몸이 뭔가 의심스럽다. 극심한 피로증상은 불안감을 느끼게 하기에 충분했다. 이 피로감. 사실 전에도 느껴본 적이 있었다.

발병 전, 매장에서 일하던 나는 서서 잠깐씩 졸음에 빠졌다 깨기를 반복하는 횟수가 점점 잦아지고 있었다. 근무 중에 게으름을 피우거나 딴 짓을 하는 것에 전혀 흥미가 없는 바른생활 직원인데도 아르바이트생 출근만을 점점 기다리게 되었다. 누군가 투입이 되면 그 즉시 자리를 맡기고 잠시 구석진 자리에 가서 눈을 붙이려고 말이다. '20분만'을 외치며 쉬러 가던 나는 흔들어 깨워도 일어나기 힘든 상태로 40분은 족히 넘겨야 겨우 몸을 일으킬 수 있었고 점점 주변 눈치가 보이기 시작해 나 스스로도 자괴감이 들 지경이었다. 그러다 급기야 손님을 앞에 두고 결재를 하는 순간에 무릎이 접히고 눈꺼풀이 감기는 참사가 일어났다. 그제야 뭔가 건강에 이상을 느꼈고 하는 수 없이 시간제로 전환해 근무시간을 줄이게 되었는데 두어 달 후, 유방암 진단을 받은 것이었다. 그런 이유로 극심한 피로증상은 나에게 의미심장했고 혹시나 하는 불안감이 들기에 충분했다.

그날 혈액 검사와 갑상선 검사 등 몇몇 검사를 했지만, 원인이라도 속 시원히 알고 싶었던 나의 바람과 달리 의사 선생님으로부터 "너무 걱정하지 말고 마음 편히 먹어요." 하는 말과 함께 작은 약통 하나를 받아 들고 집으로 왔다. 원인을 못 찾고 그냥 온 것은 찜찜했지만 받아 온 약을 먹으며 증상이 호전되기를 기다렸고, 다행히 이명을 시작해 몇몇 증상들이 조금씩 뜸해지기 시작했다. 신기한 생각이 들어 약통에 적혀 있는 이름을 검색했더니 내가 먹고 있는 약이 신경안정제였다. 너무나 예상 외였다. 건강 이상에 대한 전조 증상이 아니라 정신적인 문제라는 건가.

내가 정말 정신적으로 불안했나를 점검해봤다. 생각해보면 2초의 우연으로 암을 발견해냈고 그래서 초기진압이 가능했던 것이 신의 한 수였기에 사람들을 만나면 그 이야기를 침 튀겨 쏟아내며 신나 했다. 그러다 기운이 조금 떨어지면 혹시 어디 이상이 생겼나 하며 아무에게도 말 못 하고 혼자 땅을 파고 들어가 풀이 죽어 있었다. 사람들이 별생각 없이 하는 말은 또 왜 그렇게 꼬여서 들리는지. "무리하지 마세요."라는 말을 들으면 그 따뜻한 말이 너무나 화가 나는 것이 아닌가. 세상에 무리하지 않고 되는 일이 어디 있단 말인가. 앞으로 나아가기 위해서 자기들은 나름의 '무리'들을 다 하고 있으면서 나보고는 무리하지 말라는 말은 그냥 이대로 가만히 있으라는 말인가. 보통 사람들이 외출하고 사람을 만나고 활동하고 있을 낮이면 깊은 밤처럼 쿨쿨 자고, 다들 잠들어 있는 깊은 밤이면 아직 잠들지 못해 말똥말똥 혼자 깨어 있어야 하는 탓에 이런저런 시답잖은 잡생각으로 또 얼마나 머리를 복잡하게 했던가. 그러니 정신이 건강했다고는 할 수 없을지도.

어느 날 갑자기 모든 삶을 다 뒤흔들어 놓았던 '투병'이라는 사건을 겪으며, 그사이 내 정신도 충격을 받고 힘들었다는 생각을 하지 못했었다. 엄마들이 둘째를 챙기느라 첫째를 놓치듯이 어느새 온통 육신의 건강에만 쏠려 있던 나의 생활로 '정신이' 많이 힘들었나 보다. 좀 더 자주 괜찮다, 잘하고 있다, 잘 될 거라고 말해줄걸. 어느새 놓친 마음의 여유가 그리웠다.

약을 계속 먹어야 할지 고민하다 왠지 씁쓸한 마음이 들어 얼마 가지 않아 약은 끊었다. 약의 필요성을 부인해서라기보다는 그렇지 않아도 괜한 우울감에 빠지지 않으려고 애쓰는 중인데 내가 신경안정제를 복용한다는 사실에 스스로 또 다른 우울감 하나를 더 갖고 싶지 않았다. 대신, 앞으로는 그런 작은 이상 징조에 너무 예민하게는 반응하지 않기로 했다. 내 정신건강을 위해서 잘하고 있다고, 괜찮다고 자주 다독여주는 것도 잊지 않으면서.

## 잠시, 영화 좀 찍고 가겠습니다

늦잠을 잤다. 물론 생활리듬이 불규칙해 자주 늦잠을 자긴 하지만 오늘은 병원에 가야 하는 날인데도 그게 뭐 대수냐는 듯 늦게 일어난 것도 모자라 기왕 늦은 것 그냥 쉬엄쉬엄 가자며 느긋느긋 준비해서 집을 나섰다. 오랜만에 하는 외출에 코디도 빠질 수 없다. 오늘의 의상은 주름진 겨자색 시폰 롱스커트와 보송보송한 루즈핏 아이보리 스웨터. 느낌 왔다. 가자.

암환자들은 병원 치료가 종료된 이후에도 수년간 추적관찰이라는 것을 한다. 숨어 있던 암세포들이 다시 활동개시를 하지 않았는지 감시하는 검사다. 그리고 나도 6개월마다 병원에서 추적검사를 시행하고 있었고 이날은 무려 네 번째 추적검사가 있는 날인 동시에 수술한 지 만 2년이 되는 시점이었다. 이날은 병원에서 엑스레이 촬영을 비롯해 초음파, CT촬영, 본스캔이라는 뼈검사 등이 예정되어 꽤 빠듯한 일정이었다. 오랜만에 주사줄 좀 꽂는 날이다. 2년 전 초기 유방항암 치료를 하며 죽네 사네 하던 것은 벌써 까마득한 옛날 일이 되어버렸고 지금 중요한 건 이제 남은 인생, 어쩌면 100세까지 살 위험을 앞으로 어떻게 대비할 것인가 하는 현실의 문제였다. 일단 검사는 가야 하니 후딱 다녀나 오자.

오전 예약이었는데 지각해버려 오후 검사로 진행되었고 모든 검사가 차례차례 다 끝나자 저녁 5시. 진료실 앞에 대기하라는 간호사의 안내를 듣고 유방외과 진료실 앞에 혼자 앉아 있었다. 이미 대부분 진료가 끝난 시간이라 로비 이곳저곳은 불이 소등되고 있었고 소란스럽게 자리를 가득 메우고 있던 사람들도 어느새 다 빠져나가 한산했다.

한참을 기다려 진료실로 들어가 6개월 만에

만난 잘생긴 주치의 선생님께 여느 때처럼 환히 웃으며 인사를 건네고는 앞에 놓인 동그란 의자에 조심스레 앉았다. 서울에서 수술과 항암을 마친 후, 현재 다른 지역으로 이사를 오게 되어 방사선치료부터 이 병원에서 진행했다. 그런 까닭에 선생님과 나는 심각한 일로 마주한 적이 없었고 가볍게 웃으며 상담을 마치고 나오곤 했었기에 이 날도 그렇게 몇 마디 듣고 나올 요량이었다.

그러나 평소 자신감 있고 패기 넘쳐 보이던 젊은 주치의 선생님은 오늘따라 표정이 사뭇 무거웠고 질문이 많았다.

"최근 체중이 줄어들지는 않으셨나요?"

"아니요… 특별한 변화는 없었는데…."

"혹시 기침 있으신가요?"

"있어요. 밤에 잠드는 데 방해될 정도로 기침이 좀 있어요."

"기침이 있으셨다구요? 음…."

CT검사 결과, 작은 덩어리들이 보인다는 말을 시작으로 그는 몇 장의 사진을 보여주며 설명을 늘어놓기 시작했다.

'원래 가지고 있던 담석이 더 커졌다는 말인

가? 수술해야 한다는 말 하려고 그러시나? 뭐 그 정도야 일도 아니겠지?'

일단 눈을 동그랗게 뜨고 열심히 경청했다. 왠지 선생님이 너무 조심스럽게 전달하는 듯해서 '나 이런 일로 긴장하지 않아요. 편하게 말씀하셔도 되세요.' 하는 의미를 담아 한껏 더 웃으면서.

한참 '종양' 어쩌고로만 들리던 말은 그러나 어느새 '암'이라는 단어로 바뀌어 내 귀에 꽂혔다. 잠시 멍해지는 사이, 내 눈을 피해 치료법에 대한 이야기를 시작하려는 그에게 잠시 말을 끊으며 조심스레 물었다.

"그러니까… 폐에 생긴 게… 암이 맞다는 말씀이시죠?"

"네."

짧고 또렷한 대답이었다. 말문이 막힌다는 건 이런 거구나 싶었다. 이내 입가와 눈의 힘이 일순간 빠지며 초점을 잃고 굳어버렸다. 가슴속에선 순간 반항심도 들었다. 열어보지도 않았는데 왜 나에게 단정 지어 말하는 거지? 그냥 양성종양일 수도 있을 텐데 무슨 근거로 저렇게 확신을 해버리냐는 말이다. 그러나 의사는 양쪽 폐에 골고루

퍼진 종양은 폐 자체에서 자란 것이 아니라 유방암이 전이되어 자라난 암으로 보인다는 소견까지 너무나 근거 있게 전했고, 나는 다른 여지가 없다는 걸 받아들여야 했다.

선생님은 무엇인가 생각난 듯, 앞으로는 이곳이 아니라 종양내과에서 진료를 받아야 한다며 잠시 담당 의사를 만나고 가면 좋겠다는 말이 끝남과 동시에 종양내과 의사에게 급히 전화를 걸었다. 다행히 종양내과 의사도 퇴근 전이라 잠시 만나고 가는 것으로 이야기가 되었다. 생각해보니 나에게 말은 안 했지만, 하루라도 시간을 지체하지 말라고 특별한 배려를 해준 것이었다.

진료실을 나서며, 마지막으로 평소처럼 웃으며 씩씩하게 인사하고 싶었지만 어쩐지 아무 말도 나오지 않아 가벼운 목례로 인사를 대신했다. 선생님도 그런 나에게 입술을 굳게 다문 채 고개만 끄덕여주었다.

자리를 이동해 어두컴컴한 로비 한쪽의 대기실 의자에 앉아 종양내과 진료실에서 새어 나오는 불빛을 받으며 허공을 응시한 채 가만히 앉아 있었다. 나 외에는 아무도 없는 적막한 시간이었다.

이상하게 슬픈 생각도 들지 않았다. 머릿속은 백지장 같았고 마음도 냉랭해 어떤 감정도 느껴지지 않았으며, 아무 기력도 없었다. 모든 게 실감나지 않았다. 한참이 지나자 종양내과 의사가 모습을 드러내며 내 이름을 확인했다. 그는 앞으로 있게 될 조직검사와 아바스틴이라는 항암 치료를 잠시 짧게 설명해주었다. 그제야 내가 처한 현실이 어렴풋이 인지되었다. 폐로 전이되었으니 당연히 폐 조직검사를 하는 것인데 말만 들어도 덜컥 겁이 났다. 게다가 다시 항암 치료라니.

다음 진료에 대한 안내를 받은 후 병원 현관문을 열고 밖으로 나오니 해는 이미 완전히 저물었고 11월의 차가운 바람이 얼얼하게 볼에 닿았다. 집에 가야 하는데… 가야 하는… 어떻게 가야 하는지가 떠오르지 않고 한참이나 머리가 멍해서 당황스러웠다. 이럴수록 정신을 차려야지.

버스 정류장까지 가는 길은 상가가 없는 가로수 길이라 어두웠고 옆으로 난 8차선 대로에는 퇴근길 차량들이 빠르게 지나갔다. 혼자 길거리에서 훌쩍훌쩍 울기에 딱 좋았다. 아직 믿고 싶지는 않지만, 현실을 다시 한 번 인지하고 나니 슬슬 눈물이 차오르기 시작했다. 하지만 너무 울면 화장이 다 지워져서 흉하므로 최대한 눈물을 자제하기로.

전이라니. 이건 그야말로 영화에서나 보던 일인데 내가 정말 4기 암으로 접어들었다니. 최근 들어 밤마다 나를 괴롭히던 기침들이 단순히 감기 증상이 아니라 폐에 종양이 생겨 그랬다니. 정말, 제발, 이게 꿈이라면….

영화나 드라마에서 보면 여주인공이 죽을병에 걸리면 그렇게도 보호본능이 일고 가녀려 보였건만, 현실에 내가 처해보니 지금 가녀려 보이는 게 문제가 아니었다. 가녀려 보이고 뭐고 내 입에서 나도 모르게 계속 나오는 말은 그냥 '지금은 아닌데, 지금은 진짜 싫은데…'였다.

'지금'은 아니었다. '지금'은 정말 싫었다.

아직 서른 중반밖에 안 되었고 매일 봐도 귀여운 토끼 같은 조카들의 재롱이 나날이 더 귀여워지는 중이었다. 게다가 새로 이사 온 신도시는 이제야 좀 사람 살 만한 곳이 되어가고 있어서 여기저기 구경 다니는 재미가 슬슬 붙는 중이었다. 이제 좀 정말 살아보고 싶어지는 중이었단 말이다. 이제야 조금 손에 잡힐 것 같은 작고 소소한 행복이라는 것들과 월초부터 벌였던 일도 이제야 겨우 익숙해져 재미를 느끼기 시작했단 말이다. 앞으로 이루어보고 싶은 희망이라는 것도 이제야 찾은 듯했단 말이다.

이 모든 것과 이내 다 멀어져야 한다는 생각이 들자 내 상황이 내가 본 어떤 슬픈 영화보다 더 슬펐다. 결국 울음이 터져버렸다. 어둠이 내린 조용한 버스 정류장 벤치에 앉아 혼자 그렇게 한참을 고개도 들지 못하고 울었다.

잠시 후, 사람들이 많이 타지 않은 버스가 도착했다. 가운데 정도의 자리에 앉아 창밖을 내다보며 다른 생각을 하려고 애썼다. 그런데, 그런데 거기 앉아서도 눈물이 나는 거다. 세상에. 내가 버스를 타고 가면서 울다니. 이런 곳에서도 눈물이 나다니. 그것도 서른 넘은 어른이. 이건 너무 비현실적이었다. 미친 여자 같아 보이면 어쩌나. 아니면, 실연당한 여자로 보이려나? 아. 정말 이러기 싫다.

버스로 이동하는 내내 시선을 창밖으로 고정

한 채 안간힘을 다해 눈물을 꾹 참아내느라, 그런데도 그 사이로 삐져나오는 눈물을 누군가에게 목격당하기 전에 콧물인 듯 얼른 훔쳐내느라 오는 내내 긴장했다. 마침내 목적지에 도착한 버스에서 내려 집까지 걸어가는 길거리에서도, 역시나 그러기 싫어 심호흡을 크게 쉬어가며 참고 참았지만 아파트 입구를 보는 순간, 긴장이 풀리며 참았던 눈물은 터져버렸다. 주체할 수 없이 흐르는 눈물을 어린아이처럼 양손으로 훔쳐가며 남은 거리를 울면서 왔다. 길거리에서 그렇게 운 적은 그때가 처음이자 마지막이었다.

가족들에게는 눈치채지 못하게 대충 "다시 치료를 좀 더 해야 한다고 하네."라며 아무렇지 않게 1차로 말을 했고 또 한 차례 시간이 흐른 후, "살짝 다시 좀 안 좋아져서 이번에는 오래 약을 써야 한대."라고 2차로 말을 했고 그 후로 몇 달이 흐른 후 실수로 "폐로 전이돼서 그렇겠지… 아차…"라며 결국 실토를 해버렸다. 그때마다 가족들은 흠칫 놀라는 듯했지만 내가 별다른 신체적 이상을 보이지도 않았고 조금 자세히 물으려고 하면 대수롭지 않은 거라며 얼버무려 넘긴 탓에 내 앞에서는 더 이상 묻거나 걱정하는 표정을 짓지 않았다. 하지만 나중에 알았다. 가족들도 내 앞이라 티를 내지는 않았지만 많이 당황하고 있었다는 걸. 내 앞에서는 울지 않았지만 뒤에서는 그렇지 않았다는 걸. 가장 힘들던 시절에 내 앞에서 울지 않은 가족들이 그래서 너무 고맙다. 어차피 일어난 일, 운다고 해결되는 건 아무것도 없었을 테니까. 그리고 나는 그런 류의 가족형 신파극을 좋아하지도 않았으니까.

## 입원 준비 용품에 '보호자' 하나 추가요!

"절대 기침이 나도 참으셔야 합니다. 기침하시면 안 돼요."

검사자의 주의사항을 듣고 고개를 끄덕거리며 "네" 하고는 수송대원이 미는 이동 침대에 누운 채 검사실을 나왔다. 세상에. 하나도 안 아픈 검사였는데 며칠 동안 얼마나 겁을 먹고 벌벌 떨었던가. 폐에 바늘이 들어가는 건 어떤 느낌일까를 상상하며 온갖 두려움에 시달리던 공상으로부터 드디어 벗어난 것이다. 내가 받은 검사는 등에서부터 긴 바늘을 폐로 찔러 암 조직을 떼어내는, '생검'이라는 폐 조직검사였다. 당일 잠깐 방문해서 하는 유방암 조직검사와 달리 하루 전 입원해서 진행하는 까닭에 국소마취로 진행하는 간단한 시술인데도 괜히 긴장됐다. 하지만 무사히 잘 끝났고 이제 안심이다.

병원 복도의 천장을 바라보며 이동하는 중, 갑자기 목이 간질거리기 시작하고 머릿속에서는 조금 전 들은 주의사항이 생각났다. 기침을 꾹 참았다. 하지만 꾹꾹 누를수록 더 격하게 튀어나오려는 기침에 내가 져버렸고 두 번의 기침이 발사됐다.

생검 폐 조직검사 후 적어도 2시간 동안은 꼼짝없이 천장만 보고 누운 채 부동자세로 있으면서 절대 상체를 일으켜서는 안 된다고 주의사항을 전달받았지만, 병실에서 또 한 번의 실수가 있었다. 병실침대로 이동하면서 몸을 일으켜버린 것이다. 순간 강한 통증이 가슴 안쪽에 내리꽂혔다. 하지 말라는 건 다 해버렸다.

어쨌든 무사히 조직검사도 끝났겠다, 혹시 몰라 보호자로 특별히 잠시 대기를 부탁한 H를 빨리 돌려보냈다. 이렇게 금방 별 탈 없이 끝나는 걸, 괜히 바쁜 사람 불렀다 싶다. 늘 이런 부탁만

해서 미안하고 고마운 그녀였다.

두 시간이 경과한 후, 엑스레이 촬영이 있으니 대기해 달라는 간호사의 안내를 받고 이번에는 휠체어에 탄 채 수송대원과 함께 이동했다. 데스크에서 접수를 마친 수송대원은 휠체어를 밀어 적당한 곳에 나를 대기시키고는 검사 잘 받으라는 인사를 한 후 자리를 떠났다. 검사를 마치면 다시 데리러 오겠지. 이 병원 환자 수송 시스템, 참 마음에 든다. 이런 생각을 하며 주위를 둘러보니 내 옆에는 어머니 한 분이 휠체어에 앉아 순서를 기다리고 계셨고 아들로 보이는 키 큰 남자가 뒤에 서 있었다.

5분쯤 흘렀을까? 갑자기 기분이 이상해졌다. 속이 울렁거리더니 몸에서 스윽 뭔가 빠져나가는 기분이 들면서 몸이 가누어지지를 않았다. 배터리가 방전된 장난감처럼 갑자기 온몸에 힘이 빠지면서 고개도, 허리도 아래로 접어지는 것이 아닌가. 몸에서 모든 힘이 사라지는 느낌이, 마치 이렇게 기능이 다 멈추면서 곧 죽는 것처럼 공포스러웠다. “저기요! 저기요!” 하며 있는 모든 힘을 다 짜내어 절박하게 구조를 요청했지만, 소리라는 건

나오지 않았고 금붕어처럼 입만 뻐끔뻐끔 움직이고 있었다. 아무도 나를 보는 눈이 없었다. 점점 눈이 감기고 몸이 바닥으로 꺼꾸러지고 있는데, 드디어 옆에서 어머니의 순서만 기다리던 남자가 아래로 고꾸라지는 나를 발견하고 SOS를 외치고 있는 내 입술을 읽었다. 급히 몇몇 직원이 달려왔고 "환자분, 지금 어디가 안 좋으세요?" 하는 말을 하며 시간을 잠시 지체하다가 급히 어디론가 내 휠체어를 밀며 달렸다. 그렇게 도착한 작은 방에서 혈압이 20까지 떨어졌다는 진단만 한 채, 간호사들끼리 이 환자가 어디서 왔으며 오늘 무슨 처지를 어떻게 받다가 이렇게 됐는지를 사방으로 전화하며 조사하는 사이 나는 점점 의식이 흐려졌다. 한참 뒤, 서서히 의식이 회복되면서 침대에 누운 채 다시 병동 간호사 데스크 옆에 딸린 작은 방으로 이동됐다. 엑스레이 촬영은 연기가 되었고 다들 원인을 찾지 못한 채 시간만 흘러가는 사이, 나는 아무 기력도 없이 잠들다가 깨기만을 반복했다. 이상하게 링거를 꽂아 수액이라도 흐를라치면 극심한 어지럼증이 도져대는 탓에 주사줄을 눈앞에 갖다 대기만 해도 소스라치게 놀라곤 했다.

한참 만에 눈을 떠보니 시간은 벌써 밤 10시가 넘었고 별 이상은 더 발견되지 않아 다시 병실로 옮겨졌다. 그러나 그 후로도 어지럼증과 울렁거림이 이따금 올라올 때면 공포에 휩싸여 간호사를 호출해대며 또 어지러워 온다고 칭얼거리기 시작했다.

그런 내가 유별스러웠는지 그때부터 간호사는 계속 보호자 타령을 했다. "보호자 없으세요?", "보호자 상주하셔야 할 것 같으신데 혹시 누구 없으실까요?", "보호자 좀 대기 시켜주세요."

보호자라. 생각해본 적이 없는 개념이었다. 사실 몇 년 전 유방절제 수술 때도 보호자 동의서 작성을 위해 언니가 오전에 잠깐 다녀갔었고 이후부터 수술실에서 나올 때까지 지인이 잠깐 머물러 준 후 돌아간 게 다였다. 이어진 항암 치료 입원도 늘 혼자서 잘 지냈기 때문에 이런 작은 처치에 보호자가 필요할 거란 생각은 한 적이 없었다. 과연 누구를 불러야 하나. 이 모든 일을 알게 되면 정말 실신해서 실려 나갈지도 모를 심약한 엄마?(이때까지는 전이된 사실이 모든 가족에게 비밀이었다.) 여기까지 어떻게 오는지도 모르며 오히려 내가 일거수

일투족 챙겨드려야 할 아빠? 어린 두 아이를 키우며 하루 종일 일에, 살림에 지쳐 늘 눈 밑에 다크써클이 무릎까지 내려와 있는 언니? 그리고 세계평화를 위해 서로 떨어져 있는 것이 마음 편한 남동생? 이들 중 누구를 보호자로 지명해야 한단 말인가. 게다가 친구 찬스를 이미 써버렸으니 남은 카드가 없었다. 하지만 방법이 아예 없지는 않았다. 일찍이 험한 세상 홀로 꿋꿋이 살면서 세상에 돈으로 안 되는 것이 없다는 진리를 배웠더랬다. 그래서 만약 정 필요하면 보호자 대행 서비스를 알아보기로 했다. 역시, 다시 한 번 느끼지만 돈이 참 좋긴 좋다.

밤 내내, 수차례 어지럼증을 호소하는 나에게 몇몇 당직 의사들이 다녀갔지만, 원인을 모르겠다며 고개만 갸우뚱거리다가 돌아갔다. 그리고 한 선생님은 조용히 나지막한 목소리로 최근에 혹시 힘든 일을 겪었냐는 질문을 한다. 암이 폐로 전이되어 조직검사를 하러 이곳에 왔는데 이보다 더 힘든 일을 말하는 것인가? 아마 그랬으면 유리 멘탈인 나는 이미 세상 하직했지 싶다. 어쨌든 다음 날 아침, 최종적으로 의료진이 내린 결론은 '미주 신경성 실신'. 처음 들어본, 내 이름보다 예쁜 이름을 가진 증상명이었다.

어제 끝내지 못한 엑스레이 촬영을 한 결과, 기흉이 발생했단다. 간호사는 기흉에 대해 설명하며 산소치료를 하면 금방 호전이 되는, 별 대수롭지 않은 증상이라며 만약 증상이 점점 심해지면 갈비뼈에 호스를 삽입해 공기를 빼면 된다며 역시 별 대수롭지 않은 듯 설명했다. 아마 생검 검사를 하면서 찌른, 폐를 둘러싼 막 일부가 찢어진 것 같단다. 그 뒤 며칠은 계속 상처 구멍이 커지기만 했는데 다행히 흉관 삽입 하루를 앞두고 찢어진 구멍이 작아지기 시작했다. 얼마나 다행이었는지. 사실 간호사의 말대로 별 대수롭지 않은 일일 거라고 마음을 진정시키고 있었지만 "내일까지 구멍이 작아지지 않으면 갈비뼈에 호스를 꽂아서 공기를 뺄 거예요."라는 말을 듣는 순간 속으론 멘붕 상태였다. 폐에 바늘구멍 하나 내는 것도 심장이 두근거려 며칠을 떨었는데 갈비뼈에 호스를 삽입해야 할지도 모를 사태를 앞두고 어떻게 진정할 수 있겠는가. 하긴. 간호사가 심각하다는 듯이 말했다면 무서워서 펑펑 혼자 울었을지도.

가끔 그럴 때가 있다. 병원에 입원하면 간호사들에게 보호자 대기부터 요청받는 날. 그럴 땐 정말 난감하다. 갑자기 어디서 '보호자'를 구해야 하는지.

그래서 사실 겁이라는 게 난다. 정말 앞으로도 지금까지 그래온 것처럼 보호자 없이 병원을 잘 드나들 수 있을까 하는. 혹시나 나에게 '보호자 상시 대기'라는 비상 상황이 생기면 그땐 정말 어떻게 해야 하나 하는. 병원에 입원하는 것도, 치료가 아플 것도 이제는 그리 두렵지 않다. 입원이야 많이 해봐서 웬만한 건 알아서 다 잘 적응하는 편이고 아픈 거야 진통제가 해결해준다는 걸 알고 있으니. 대신, 보호자가 필요하면 어쩌나, 그게 두렵다.

아직 일어나지 않은 일이니 그건 그때 가서 다시 생각해봐야겠다. 그리고 무조건 아프지 말기. 그리고 아프더라도 혼자서 있어도 되는, 딱 거기까지만 아프기. 일단 오늘은 여기까지만 생각하기로.

## 치료에 있어서의 주체성

나는 다짐했었다. 만에 하나 내 병이 다시 재발되거나 전이가 되었다는 소식을 듣게 되어도 절대 항암 치료는 받지 않을 거라고. 그만큼 항암 치료는 힘들었다. 하지만 막상 전이가 되고 나니 지금 중요한 것은 항암을 할 것이냐 말 것이냐가 아니었다. 항암 치료건 뭐건 치료는 당연한 것이었고, 문제는 어떤 치료를 선택할 것인가였다. 내 자신이 간사하게 느껴졌지만 가능한 오랫동안 버티고 싶었다. 나아야 한다가 아니라 버텨야 한다는 말이 맞다.

다른 곳도 아니고 폐에 종양이 생겼다는 말에

많이 긴장됐다. 병원에서는 치료 방법과 치료 일정이 다 잡힌 상태였지만 초기 암일 때와 달리 마음이 가볍지 않았다. 복잡한 마음과 두려움이 나를 머뭇거리게 했고 피하고 싶은 핑곗거리를 찾듯 다른 치료법을 찾고 싶었고 최대한 많은 정보를 알고도 싶었다. 그리고 그중 누군가가 아닌 내가 판단했을 때 최고의 선택이 무엇인지 스스로 결정하고 싶었다. 내 운명의 결정이 될 테니까 말이다.

마음만 앞섰지 어떤 정보도 찾지 못하고 서울의 큰 병원에서 진료를 받아봐야겠다는 생각이 무작정 앞섰다. 그곳에서는 뭐라고 할지 궁금했다. 그런데 병원에 서울로 가보겠다고 내 의사를 확실히 밝힌 후 의사로부터 임상연구라는 것에 대해 듣게 되었고 그렇게 찾은 병원에서 다시 절차를 밟으며 수많은 검사를 하고 서류를 준비하며 최종 사인을 받았다. 정식 연구에 참여하기까지는 한 달이라는 시간이 더 걸렸지만, 과정이 힘들다는 생각도 없었고 지금까지 한 치료를 후회한 적도 없었다. 첫 항암 치료를 시작하며 임상 항암 궤도에 드디어 진입을 할 때는 마치 큰 프로젝트 하나를 완수한 듯 뿌듯하기까지 했다. 누군가에게는 '내가 실험대상이 되긴 싫다', '안전성을 보장받지 못한 게 아니냐', '만약 잘못되면 누가 책임을 지냐'고 하는 말 많은 임상 실험일지 몰라도 나에게는 치료비에 대한 걱정과 독한 항암제 부작용을 최소화로 덜어주는 유일한 길이었다. 무엇보다도 내가 주체적으로 선택한 치료였다는 것이 가장 만족스러웠다.

갓 자라나기 시작한 머리털을 보여준다는 것이 부끄럽긴 했지만, 체력을 키우고 싶어 얼굴에 철판을 장착하고 어렵게 수영을 시작했다. 그러나 두 달을 넘기지 못했다. 고관절 부분의 통증이 가장 큰 원인이었다. 무리하지 않았음에도 평소 사용하지 않던 부위라 강습은커녕 의자에 앉아 있기 힘들 정도로 통증이 심했다. 걷는 것마저 불편했다. 정형외과에서 속 시원한 답변을 듣지 못한 채 점점 심해지는 통증으로 마음이 답답해져 한의원에서 간단한 침술 치료라도 받고 싶었다.

하지만 병원에 의논한 결과 '침술은 절대 안 된다'는 거다. 예상했지만 그 정도로 단호할 줄 몰랐다. 임상 연구의 정확한 결과 도출을 위한 매뉴

얼대로만 답변을 한 것이기에 한편으론 섭섭했지만 이해는 했다. 하지만 내 몸을 전적으로 그 매뉴얼에만 맡길 수는 없는 노릇이므로 병원엔 비밀로 하고 독자 노선을 걷기로 마음먹었다. 그리고 한의원에 갔다. 한 주에 두 번씩 4주 동안. 상태가 많이 좋아졌다. 그 후로 종종 어디가 안 좋다고 느껴지면 침을 맞으러 간다.

병원을 오래 다니면서 알게 된 것은 내 몸이 그때그때 필요한 건 내가 챙겨야 한다는 것이다. 지나칠 정도로 역행을 하는 건 문제겠지만, 사실 전문가라고 해도 그들은 내 병에 걸려본 적도 없고 나에 대해 100퍼센트 속속들이 다 알 수도 없다. 양방의학에 지대하게 기대고는 있지만, 내 모든 문제를 해결해주지는 못한다는 걸 경험으로 알고 있다. 물론 그에 대한 책임도 내가 져야 하므로 신중해야 하지만.

자연 치료에 대한 책을 읽으며 알게 된 내용인데, 치료의 특성상 단계별 통증을 겪는 환자들 중에는 실제 통증 강도보다 더 강하게 통증을 느끼는 사람들이 있다고 한다. 이유는 그들의 심리에 있다고 한다. '나는 이 고통스런 과정을 당하고 있을 수밖에 없다.'라는 심리가 원인이란다. 환자들이 억압적이고 강압적인 치료를 받을 경우, 이런 심리에 빠지게 되는데 그러면 신체는 공격을 받는다고 생각해 그에 대한 자동반응으로 체내 모든 시스템이 방어기제 태세로 들어간다고 한다. 그러니 신경은 예민해지고 스트레스에 더 쉽게 노출되어 당연히 통증을 느끼는 감도도 높아진다는 것이다.

그러나 동일한 치료를 하면서도 환자에게 그 치료에 대한 계획과 효과에 대해 먼저 인지하게 하고 충분히 의논하면서 환자가 스스로 치료의 선택권을 가지고 주체적으로 참여하게 할 경우, 동일한 강도의 통증에도 통증의 강도를 보다 낮게 느끼기도 한단다. 즉, 치료에 있어서 자신이 주체라고 인지한다는 것은 상당히 중요한 일이라는 것인데 내가 원하는 것이 바로 이것이었다. 치료에 있어서의 주체성.

암 치료치료도 심리적인 영향을 많이 받는다고 생각한다. 항암 치료, 방사선 치료, 수술 … 이 단어들 중 만만하고 쉬운 것이 하나라도 있을까? 환자는 자신이 암을 겪었다는, 혹은 겪는다는 자체만으로도 심리적인 압박감을 늘 느끼고 산다. 그렇기에 상당한 시간 동안 투병하게 되는 환자의 마음은 심리적으로 자꾸 위축된다. 나도 그러했기에 더더욱 치료에 임하는 마음이 '당하는' 입장이 되고 싶지 않았다.

내 병이지만, 내 몸이지만 안타깝게도 나는 이에 대해 아는 바가 별로 없다. 그래서 몸과 병에 있어 전문가라는 의사의 도움을 받고 있다. 하지만 분명히 해둘 것이 하나 있다. 내가 쓰는 도구는 '현대 의료'일지 몰라도 그 도구를 고른 사람은 나라는 것. 이것을 인지하느냐 하지 못하느냐에 따라 치료에 대한 마음이 달라진다. 이것이 긴 치료에 앞서 어느 누구보다도 내가 주체가 되어 적극적으로 치료 방향에 개입해야 할 중요한 이유다.

결국, 모든 치료를 전적으로 의사의 손에 맡기겠다는 결정 또한 온전히 확고한 나의 의지여야 한다. 긴 치료의 총감독은 바로 나니까.

## 우리, 할머니가 되어서도

"헉!"

"대박."

"너무 튀는 거 아냐?"

"지금부터 갈아입기! 외투로 가리기 없음!"

서울, 부산, 공주, 세종. 각지에 흩어져 있던 우리는 봄바람이 따뜻한 어느 기분 좋은 날, 여수의 한 식당에서 만났다. 잠깐의 인사를 마치고 자리에 앉아 메뉴를 정한 후 나는 가방에서 오늘의 메인 아이템을 꺼냈다. 내 돈으로 특별히 주문 제작한 단체 티였다. 앞면에는 '우정 여행 중'이라는 문구가, 뒷면에는 각자의 애칭과 함께 이름을 새

긴 티셔츠였다. 서른 중반을 넘긴 여자 넷이 세상 남사스러운 이 티셔츠를 입고 사람 많은 관광지에서 몰려다녀야 하는 상황이 된 거다. 친구들 모두 손발이 오글거려 호흡 곤란 증상을 일으키고 있었지만 다들 이미 약속한 바였다. 각각의 애칭도 가장 어울리는 것으로 미리 심도 있는 의논을 거쳐 결정된 것이었으므로. 생애 첫 우정 여행을 야무지게 준비했다.

가진 게 없다고 징징거리면서도 늘 고마운 것 하나가 있는데, 징그럽게 오랫동안 알고 지내는 친구 녀석들이 있다는 것이다. 빈약한 인간관계가 아킬레스건인 나에겐 공기같이 익숙한 친구들은 고마운 존재들이다. 우리의 인연은 평균 25년이나 된다.

친구들 중 가장 무뚝뚝한 K 양에겐 특별히 더 고마운 일이 있다. 우리가 처음 만난 건 초등학교 3학년 때였다. 유난히 활동적이었던 그녀와 나는 친한 사이는 아니었다. 다만 주변의 여느 여자아이들과는 달리 남자아이들을 따라 담벼락을 타고 놀던 아이라 특이하게 여긴 존재였다. 우리가 다시 만난 건 고등학생이 되어서였는데 우연히 같은 교회에 다니게 된 그녀와 나는 각별히 친해지게 되었다. 집에 갈 때 늘 같이 버스를 타곤 했는데, 버스 기사였던 그녀 아버지의 버스를 자주 타게 된 덕에 교통비를 면제받곤 했다. 그리고 당시 급식비를 내지 못하던 나는 늘 저녁 급식시간이면 멀리 있는 K 양의 반에서 그녀의 친구들과 함께 둘러앉아 그녀의 급식을 나누어 먹었다. 무려 1년을 말이다.

내가 유방암에 걸렸다는 소식을 들은, 스킨십과 애교 대마왕 P 양은 아주 귀여운 말로 나를 웃겼다.

"에이, 거짓말. 넌 가슴도 작잖아."

유방암은 가슴 큰 여자들이 걸린다고 하더라며 어떻게 네 주제에 유방암에 걸릴 수 있냐는 그녀. 어디서 그런 무식한 말을 들었을까. 그러나 그게 P 양의 매력이었다. 그녀는 사랑스러운 B형 여자인지라 이럴 땐 내가 이해하고 넘어가야 한다. 사실 그녀는 꽤나 돈 잘 버는 유능한 전문직 여성이라 무식한 건 아닌데, 가끔 엉뚱한 매력이 넘친다.

우리 중 유일하게 결혼한 S 양. 스물한 살 때 동갑내기들 카페에서 친해진 정연이라는 친구를 만나러 가겠다고 친구 한 명을 꾀어, 태어나 처음으로 충북 보은에 갔다. 평생 도시에서만 살던 나는 그날 처음 시골은 버스가 '기다리면 오는' 곳이 아니며 한 번 놓치면 그날 그 버스를 다시는 못 만날 수도 있다는 걸 알았다. 결국 정연이는 그날 일도 제대로 하지 못하고 보은 바닥을 헤매고 있는 우리를 찾으러 길을 나서야 했다. 그 고구마 백 개를 먹은 듯 답답한 여정에 함께한 희생양이 바로 착한 순둥이 S 양. 얼마 전 그녀는 이렇게 말했다. 이젠 자기도 많이 안 착해졌다고. 사실 정말 그런 것 같다.

전이 판정 후, 문득 사람들과 이별 준비를 해야 하나 생각이 들었다. 나의 기억 속 곳곳을 장식해준 오랜 친구들을 위해 무엇을 남기면 좋을까. 그러다 못난 생각이 들었다. 지금도 이렇게 각자 잘 살고 있으니 내가 없어도 녀석들은 잘만 살 것 같은 생각에 왠지 억울해지는 것이 아닌가. 그래서 녀석들에게 잊지 못할 추억을 선물하기로 결심했다. 가끔 나를 떠올리면 함께한 즐거운 기억들이 많이 생각나 가슴 사무치도록 그립고 보고 싶게 해주리라.

우린 사실 오래되었다 뿐 서로 다른 길을 걷느라 공유할 수 있는 것이 많지 않았다. 명절에서로 얼굴을 보는 정도의 사이였고, 어색하진 않지만 만나서 딱히 재미있게 노는 것도 아니었다. 그 긴 시간 동안 아무도 먼저 제안한 적이 없어 단 한 번도 다 함께 여행을 간 적이 없었으니 말 다 했다.

뭔가 재밌는 일이 없을까 하다가 녀석들과 단체 티를 입고 여행을 하고 싶어졌다. 하지만 항상 바쁜 녀석들인 걸 알기에 갑작스러운 제안에 다들 머뭇거릴 거라며 큰 기대를 걸지 않고 말을 꺼냈는데 내 예상과 달랐다. 나의 말이 떨어지기가 무섭게 마치 기다리고 있었다는 듯 다들 야단법석이었다.

반딧불을 보고 싶다는 P 양
레일바이크를 타고 싶다는 S 양

맛집 탐방을 하겠다는 K 양

그 와중에 이것만은 꼭 함께하고 싶다며 부끄러운 단체 티셔츠를 착용을 강요한 나.

아마 평소 같았으면 너나 입으라고 한 소리 들었을 테지만, 이때만큼은 다들 나를 위해 경악하면서도 순순히 따라줬다.

서울과 충청, 그리고 부산까지 골고루 흩어져 있던 우리들은 한 지점에서 만나 짧지만 강렬한 첫 여행을 떠났다. 그리고 그 짧은 여행을 치르면서 깨달은 점이 있다. 내 삶이 얼마나 지속될지는 알 수 없지만, 추억을 쌓을 시간이 있다는 것을 알게 되었다. 그리고 남은 시간 동안 더 많은 추억을 남겨보겠노라는 용기가 생겼다. 친구들에게 잊지 못할 추억을 선물하겠다는 나의 계획은 오히려 나에게 그들이 보내준 관심과 배려 덕에 남은 삶을 즐겁게 지속할 수 있다는 '용기'라는 선물이 되어 돌아왔다. 물론 그녀들은 모르겠지만.

시간이 많이 흘러 60, 70, 80이 되어서도 우리에게 함께할 시간이 허락한다면 추억을 많이 만들

계획이다. 할매들의 트레이드마크가 된 동네 미용실표 뽀글이 파마도 넷이서 꼭 해보고 싶다. 카페에 백발머리 친구들과 둘러앉아 쪼글쪼글한 입술로 핫초코를 마시며 수다도 떨어봐야지. 그리고 배낭을 하나씩 둘러메고 유럽 여행도 가볼 테다. 그때도 꼭 단체 티셔츠를 입자고 졸라볼 생각이다. 시답지 않은 바람이지만 오래오래 살고 싶은 의욕이 자꾸자꾸 불타오르게 한다.

## 홈쇼핑 중독자 아버지의 선물

'또야?'

영화를 보다 보면 '이 식상함 어쩔 거야' 싶을 때가 있다. 바로 주인공님께서 암에 걸리시면서 갑자기 천덕꾸러기 가족들이 하나둘 진지하게 변해가는, 그런 스토리로 흘러갈 때다. 옆에 앉은 누군가는 눈물과 콧물이 짬뽕이 되어가는 이 대단한 순간에 나는 화면 속 인테리어, 패션, 카메라 각도 등을 보며 이미 딴 세상에 가 있다. 몰입 따윈 안드로메다로 보낸 지 오래다. 영화 속 가족과 우리 가족 사이에는 상당한 괴리가 있었다.

우리 가족, 특히 아빠와 나는 여느 가정의 부

녀와는 사뭇 다른 분위기를 풍긴다. 우리의 대화란 가령 이런 것이다.

"아빤 우리 생일 알아요?"

"알지, 이 사람아! 내가 너희 셋 이름 다 짓느라고 옥편을 들고 몇 개월씩 고생했는데. 그러는 니는 아빠 생일 아나?"

그렇다. 우리에게 생일 선물이란 것 따위는 없었다. 서로 생일이 며칠인지 아느냐 모르느냐를 따지는 수준이니 더 말해 무엇하랴. 아빠는 나의 친부가 맞다. 그것도 같이 한 집에서 20년을 넘게 산 사이다. 그러나 어쩐지 아빠와 나의 대화는 이제 막 통성명을 한 사이와 그다지 별다른 것이 없다. 과연 우리 부녀에겐 그동안 무슨 일이 있었던 것일까.

사실 어린 시절에 아빠는 내게 무관심하고 무섭기만 한 존재였다. 일부러 아빠에게 보여드리려고 TV 위에 올려둔 가정통신문은 공부보다 먼저는 사람이 되어야 한다는 일침으로 늘 돌아왔다. 작은 장난질이라도 친 날에는 심장이 멎을 것 같은 천둥번개 소리가 터져 오돌오돌 떨어야만 한다. 아빠 밑에서 기죽어 사는 것도 싫었고, 아빠가 우리 아빠인 것도 어린 마음에 너무나 원망스러웠다. 친구들이 아빠가 집에서 목마도 태워주시고, 이랴이랴 말타기 놀이도 해주셨다는 이야기를 들으며 굉장한 문화적 충격을 받았던 기억이 지금도 또렷하다. 우리 집은 말타기는커녕 말대답도 못하는 집이었으니 말이다. 게다가 아빠는 우리보다는 다른 것을 더 좋아하셨고 그런 아빠를 보며 느낀 감정은 때론 '분노'였다.

술을 드시고 오셔서 "아빠는 아빠 인생 살 테니, 너희는 너희 인생 살아라." 하고 느닷없이 뱉은 말이 진심이었다는 건 어린 마음에도 알 수 있었다. 각자 인생은 각자 살기로 하자는 묵언의 약속대로 사는 동안 서로 신경 안 쓰이게 사는 것이 우리 관계의 최선이었다.

그런데 이제 아빠가 나이를 많이 드시긴 드셨나 보다. 참 많이 변하신 것 같은 생각이 드니 말이다. 얼마 전 통화를 하는데 아빠가 물었다.

"니 TS라고 모르나? 이거 유명한 샴푼데…."

"왜? 너무 많아서 주시려구요?"

"아니, 이거 필요하냐고. 니 필요하면 가져가

라고."

"유명하면 그래도 좀 좋은 건가 보네요?"

"야이 싸람아! 이게 돈이 얼마짜린데. 억수로 좋은 거라니까."

갑자기 혈압을 올리시며 목소리가 커지신다. 왠지 안 필요하면 안 될 분위기에 눌려 대답했다.

"네네. 나도 필요해요!"

"그라믄 니 요번에 올 때 이거 하나 챙겨줄게!"

홈쇼핑에서 사셨단다. 차인표 아저씨가 모델인데 못 들어봤냐고, 두피에 아주 좋은 샴푸라며 자꾸 나에게 필요하냐고 물으신다. 사실 나는 두피에 신경을 쓰는 타입도 아닐뿐더러 내 상황에서는 머리카락들이 내 두피에 달라붙어 있어 주는 것만으로도 감지덕지라 관리하고 말고 할 것도 없었다. 그러나 아빠는 내가 '그 제품이 저에게 꼭 필요하답니다. 저도 써보게 해주세요!'라고 말해야 할 것만 같은 묘한 압박을 하셨다.

며칠 뒤 나는 야생 연둣빛을 뽐내는 본품 하나, 여행용 키트 하나, 그리고 일회용 샘플 하나가 든 TS샴푸 꾸러미를 전해 받았다. 그러고 보니 내

기억이 맞는다면 이건 내가 아빠에게 받은 생애 최초 선물이었다.

그러고 나서 얼마 뒤, 이번에는 아빠가 노니를 아냐고 물으신다. 알다마다요, 유명한 건강식품이려니와 비싸다고 알고 있고말고요. 그런데 노니뿐이 아니다. 어디서 들으셨는지 브라질너트는 아냐고 하시더니 내가 먹겠다고 하면 노니 가루와 브라질너트를 주문하시겠단다. 홈쇼핑이 사람 하나 버려놓은 걸까. 너무 비싸다며 만류하는 나에게 아빠는 비싸긴 해도 건강에 '윽수로' 좋다고 홍보를 하시며 주문하겠다고 하신다.

그 후 아빠 집을 다녀온 내 손에는 노니 분말 세트와 브라질너트 세트가 든 쇼핑백이 들려 있었다. 아빠가 홈쇼핑 중독이 심해서 이러시는 걸까 걱정을 했다. 아빠의 오랜 취미 활동이므로 그 이유도 틀리지는 않지만, 왠지 그 때문만은 아닌 것 같다.

부산 남자는 대개 무뚝뚝하다. 그런 부산 남자인 아빠가 가끔 거는 전화 통화에서 빼놓지 않고 물어보는 것이 '니는 요새 건강 어떻노'가 아니었던가. 사실 그전엔 우리의 대화에서 아빠가 딸에게 건강을 묻는 아름다운 장면은 없었고 오랜만에 전화한 딸이 마치 '민원 봉사원'이라도 된 듯 각종 상담리스트가 쏟아졌으니, 확실히 그때와 비교해 차별성 있는 멘트임에는 틀림없었다.

아빠가 나를 생각하며 일부러 주문해서 선물하신 샴푸와 노니, 그리고 브라질너트. 겉으로 내색하지 못하지만, 마음속 깊이 암에 걸린 둘째 딸을 걱정하는 아빠의 마음이라는 걸 짐작할 수 있었다. 그렇다고 우리는 영화에서 보듯이 그런 애틋한 장면을 연출하지는 않는다. 폐에 암 덩어리가 있어 담배 연기에 취약한 딸이 옆에 있어도 시간 되면 꼭꼭 담배에 불을 붙여야 하시는데, 그걸 말리다간 큰 싸움이 난다.

비록 내가 어린 시절의 우리 아빠는 자식들에 대한 사랑에 참 서툴렀고 그 기억들이 참 많이 나를 아프게 했었지만, 그것이 영원불변의 것은 아니었다. 좋은 기억을 만들 시간이 아직 서로에게 남아 있는 한 말이다.

## 잠시 쉬었다 가세요

오전 11시 진료가 있는 날이면 새벽부터 서둘러야 한다. 적어도 진료 한 시간 반에서 두 시간 전에는 채혈이 완료되어야 진료가 가능해서, 늦어도 병원에 9시 반까지는 도착해야 한다. 내가 사는 곳에서 서울에 있는 병원까지 이동 시간과 아침 식사 시간을 계산하면(식사를 해야만 혈액수치 조건을 맞출 수 있다), 늦어도 집에서 6시 15분에 출발해야 시간이 맞다. 출근하던 때도 이렇게 일찍 나온 적이 없는데 환자가 된 후 오히려 새벽차 탈 일이 많아졌다.

고속버스를 타고 이동해 서울 강남버스터미

널에 내려 아침을 해결하고 다시 지하철에 몸을 실었다. 강남 일대를 벗어나기까지는 그야말로 출근길 지옥철 체험 시간이다. 정말 피하고 싶지만 진료 시간을 내 마음대로 할 수 없으니 싫어도 별 수 없다. 사실 4년 전까지만 해도 매일 타던 지하철이라 놀랍지는 않지만, 지금도 여기서 빠져나오길 정말 잘했다는 생각이 백번 천번 들 만큼 러시아워의 지하철은 생각만 해도 인상이 찌푸려진다.

30여 분을 이동해 드디어 병원에 도착하면 잠시도 쉴 틈 없이 일사천리로 기본 순서를 밟는다. 채혈실로 들어가 접수를 하고 순서에 따라 채혈을 마친 후 빠른 걸음으로 종양내과 접수대를 거쳐 키, 몸무게, 혈압을 다 측정하고 나면 비로소 한숨 돌릴 수 있다. 진료 시간까지는 한 시간 내외의 대기 시간이 있어 이때 사람들이 뜸한 곳을 찾아가 잠깐 쉰다.

긴 기다림이 무색해질 만큼 의사의 짧고 간결한 진료가 끝나면 항암 주사 차례를 기다리며 다시 한 시간가량 대기한다. 주사실에도 사람은 많은 편이지만 그래도 1층보다는 덜하기에 이곳에서 자리를 잡고 시간을 보내면 이윽고 전광판에 내가 입실할 병실이 안내된다. 그곳에서 간호사가 거무튀튀하게 변한 내 손등의 혈관에 주삿바늘을 꽂고 30여 분 동안 약물을 투여하면 드디어 오늘의 목적인 항암 치료가 끝난다.

병원을 나서면 오후의 해가 한창 비추고 있다. 갈 때와 동일한 교통편으로 이동을 반복해 집으로 돌아오면 저녁 다섯 시쯤이다. 이렇게 하면 새벽부터 시작된 일정이 모두 끝난다. 일주일에 한 번씩 있는 이 일정도 벌써 2년이 지났다. 컨디션이 나빠도 치료를 중단하지 않으려면 어떻게든 꼭 병원에 가야 한다. 때로는 백혈구 촉진제만 맞고 집에 돌아갔다가 이틀 동안 컨디션을 끌어올려 다시 가야 할 때도 있어, 주 2회를 방문할 때도 있는 터라 사실 만만치는 않은 일정이다. 그나마 집이 고향 부산이 아니고 서울 근교라 다행이라 생각할 따름이다.

병원을 다녀오는 일정은 하루가 빡빡하게 흘러가지만, 그 외의 하루는 아주 자유로운 편이다. 밤늦게까지 글을 쓰거나 유튜브를 시청하거나 책을 읽다 졸음이 몰려오면 그대로 눈을 감고 잠이 든다. 그리고 아침을 맞이한다. 가끔 새벽 5시경에 반려묘 초코가 내 귀에 대고 야옹야옹 울어대면 깨기도 하는데, 그렇지 않더라도 일주일에 하루 이틀은 일찍 일어나 활동을 개시한다. 하지만 보통은 실컷 늦잠을 자고 아홉 시가 넘어 눈을 뜨는 지극히 느긋한 흐름이다. 간신히 일어나 간식을 먹고 간단한 운동으로 정신을 차린 후 본격적으로 아침 식사 준비에 들어가는데, 식사를 마치고 나면 오후 12시쯤 되므로 브런치에 가깝다. 그러고 나서 도서관을 가기도 하고 명상의 시간을 가지기도 하며 아주 여유롭게 보낸다.

경제 활동을 할 일도, 돌봐야 할 자녀도 없다. 내가 해야만 하는 의무나 책임도 없다. 사회 활동을 하지 않으니 외출이 줄어 예전처럼 때때마다 옷을 사는 일도 줄었다. 중증 결정 장애로 새벽까지 온라인 쇼핑몰을 전전긍긍하며 방황과 갈등을 겪는 일도 이젠 옛날이야기다. 머리카락이 짧으니 (혹은 없으니) 머리 손질을 하는 시간과 비용도 많이 줄었다. 곱슬머리에 곰손이라 매일 아침 머리 손질에만도 많은 시간을 들였는데 이젠 그런 일도 없다. 물론 남자들보다 더 짧은 머리카락이 아쉬울 때는 있지만 암환자 생활 4년이 되니 여성스러운 외모에 대한 욕망도 점점 무뎌져간다.

차림새와 삶이 간결해진 만큼 물건도 줄고 소유물이 차지하는 면적도, 정리의 시간도 덩달아 줄었다. 상황이 그러하여 미니멀리즘의 삶을 살고 있지만 느긋하고 간소한 일상이 오히려 더 편하고 자연스러워졌다. 아프기 전에는 다른 사람에 나를 맞추며 살기 급급했기에 게을러 보이는 모습을 스스로 용납할 수 없어 늘 무언가에 쫓기 듯 달리며 불안해했지만. 이제는 나를 닦달하던 모습을 덜어내고, 마음의 조급함을 늦추어 운명의 리듬을 타며 살 줄 알게 되었다. 나만의 속도로, 언제까지 이어질지 알 수 없는 내 숨소리를 명상하며 느리게 살면서 말이다.

언젠가 조용한 곳으로 잠시 여행을 갔을 때의 일이었다. 그곳에 도착한 첫날, 하루 일정이 너무나 평온했던 느낌이 좋아 그날 밤, 혼자 시를 끄적였다. 그날 내가 한 일이라곤 그곳을 느긋하게 이곳저곳 둘러보고 가만히 앉아 지는 노을을 바라보며 살랑대는 바람을 마주한 게 다였다. 대단

한 볼거리가 있는 것도 아니었고 온몸을 전율하게 하는 맛있는 음식이 있는 것도 아니었지만 바쁜 일상을 벗어나 잠시 쉴 수 있는 분위기가 너무나 편안하고 좋았었다. 그 느낌을 기억하고 싶어 썼던 시의 제목은 '휴양지 인생'. 내가 누군가에게 편히 쉬어갈 수 있는 휴양지 같은 사람이 되고 싶다는 내용의 시였다. 바쁜 것도 없고 대단한 것도 없는 간소하고 조용한 나의 시간들 속으로 누군가가 잠시 들어온다면 그에게도 내가 느끼는 리듬을 잠시나마 느껴보게 하고 싶다. 때론 여백의 시간이 더 많은 것을 말해준다는 걸 혹시나 그도 알 수 있게 말이다.

# 그래도 연명하듯 살긴 싫습니다

언젠가부터 병원 진료실 앞에 '연명 의료 중단 상담' 안내문이 붙어 있다. 이제 우리나라도 회복의 가능성이 없는 사망 단계의 환자에 대해 무의미한 치료를 중단할 수 있는 생존 선택권이 본격적으로 시행되고 있나 보다. 사랑하는 사람을 더 이상 볼 수 없는 머나먼 곳으로 떠나보내기로 스스로 결정한다는 것은 어찌 보면 참 가혹한 일이기도 하다. 하지만 목숨이 그저 유지된다는 것이 과연 의미가 있을까.

얼마 전, 할머니를 먼저 보내드리게 되었다. 초등학교 시절, 처음으로 임원이 되고 학교에서

부모님을 모셔 오라는 안내에 따라 엄마 대신 할머니가 오셨다. 젊은 엄마들 틈에 고운 한복 차림으로 쪽머리를 하시고 수줍게 학부모 회의에 오셨던 할머니의 모습을 잊을 수가 없다. 어린 시절 나에게 할머니는 엄마의 자리를 대신하는 따뜻한 품이었고 성인이 된 후에도 그 따뜻함은 변함이 없었다.

그런 그녀가 어느덧 아흔이 넘은 연세로 힘없이 누워 있었다. 오랜만에 찾아뵌 할머니는 지금까지 내가 아는 할머니가 아니었다. 산송장이나 다름없었다. 자리에 누우신 지 그리 오래되지 않았는데 그 짧은 기간 동안 이토록 쇠약해진 낯선 모습과 온몸을 상처 내고 있는 피부병은 내 눈을 의심하게 했다. 그리고 겨우 잠깐씩 의식이 들 때마다 고통스러워하시는 모습을 보며 아프신 할머니를 잘 모시지 못하는 나의 현실에 미칠 듯이 괴로웠다.

할머니가 앓아누우실 때부터 함께 마음이 서서히 무너지고 있던 나는 그 모습을 차마 더 지켜볼 수 없어서 귀가 어두우신 할머니를 앞에 두고 마지막 인사를 했다.

"할머니. 나 어릴 때 안 버리고 예쁘게 잘 키워 주셔서 너무 감사했어요. 할머니한테 정말 잘해드리고 싶었는데 그러지 못해서 많이 미안해요. 그런데 할머니, 사람은 죽으면 영원히 없어지는 게 아니래요. 그러니까 걱정하지 말고 먼저 가 계세요. 그래서 우리 꼭 다시 만나요. 알겠죠? 할머니… 내가 정말정말 많이 사랑해요."

혼자 이 말을 하고 나니 뜨거운 눈물이 흘렀고 동시에 이제 정말 편안한 곳으로 떠나보내 드리고 싶다는 마음이 가슴속에 가득 찼다. 그리고 이틀 후 할머니는 돌아가셨다. 그 소식에 잠시 마음이 놀랐지만 오랜 아픔이 사라진 듯 오히려 평온해졌다.

또래들이 대부분 자기의 길을 발견해 자리 잡아가던 서른둘, 나는 그들처럼 그러지를 못했다. 아침 7시부터 오후 3시까지 건강검진센터에서 안내 도우미를 하고, 오후 5시부터 밤 12시까지 대학가 호프집에서 서빙을 했다. 갑자기 해고가 된 후 갈 곳을 급히 찾느라 구한 일자리였다. 힘들다는 말을 할 시간도 없을 만큼 하루하루가 바빴다.

언제쯤 이 상황에서 벗어날지 알 수 없는 불안감이 가장 힘들었다. 하루 벌어 하루 먹고사는 '하루살이'. 그보다 더 정확하게 나를 표현하는 단어가 있었을까. 내가 무엇 때문에 존재하는지를 명확히 알지 못한 채 생계만 간신히 해결하며 하루하루를 버티는 것이 나의 유일한 목표였다. 내일, 아니 지금 당장 죽는다고 해도 아쉬울 것이 없는, 하루하루 연명하며 죽지 못해 사는 나날이었다.

어린 시절부터 나는 늘 겁이 많았다. 명확한 꿈을 갖자니 모든 걸 다 걸어 도전할 자신도, 도전해서 성공할 자신도 없었다. 하고 싶은 대로 하고 살자니 어리석다고 뭇사람들 손가락질을 받을까 두려웠다. 한번 내린 결정을 끝까지 밀어붙일 배짱도 약했던 나는 내 결정에 후회하지 않을 자신도 없었다. 그렇게 나는 이 핑계, 저 핑계를 대며 '선택'을 늘 미루어왔다.

그런데 나는 정말 몰랐다. 그 어떤 인생을 살아도 누구나 자신이 선택한 그 길을 '후회'할 수 있고, 때론 그 일로 뭇사람들의 '손가락질'을 받을 수 있고, 그 일에 대해 늘 '자신감'이 가득할 수는 없다는 것을.

그렇게 이리저리 피하기만 하면서 비겁하게 살 것이 아니었다. 그것은 사는 길이 아니라 어떤 의미에서는 죽어 있는 것과 다를 바 없는 길이라는 걸 알았어야 했다.

4기 유방암 환자, 그중에서도 표적 치료제가 개발되지 않은 3중 음성 유방암 환자의 예후가 현저히 좋지 않다는 것은 이미 알려진 지 오래다. 사람들은 나의 병이 호전되기를 바라며 늘 안부를 묻고 더러는 기도를 해주고 더러는 좋은 것을 해주려고 한다. 하지만 당사자인 나는 건강 회복이 최우선의 관심사는 아니다.

글을 쓰기로 한 이후, 하루 한 끼만 먹고 책상 앞에 앉아 컴퓨터를 붙잡고 있다가 휘청거리며 일어나기, 밤새도록 머리 굴리며 혼자 연구하다, 다음 날 탈진해버리기, 까짓 거 하다 하다 안 되면 굶어 죽지 뭐하는 마음으로 버티기 등 나는 꽤나 막무가내로 달렸다. 평균 생존 기간이 고작해야 2, 3년 남짓한 주제에 무슨 배짱이냐고 할 것이다.

4기 암에서 살아남은 생존자. 이것이 내가 원하는 인생의 타이틀은 아니다. 다시 돌아가고 싶지 않은 과거가 있기에 병이 나은 후 그때의 삶이 되풀이될까 두려웠다. 나란 사람은 겁쟁이 아니었던가. 안전하지 못하다고 판단하면 함부로 뛰어들지 않는 겁쟁이.

사람은 죽을 때가 되면 변한다더니, 그사이 나는 변했다. 잘하지도 못하는 일에 도전하고 있는 지금, 남은 시간이 얼마든 의미 없이 연명하듯 살지는 말자고 오늘도 스스로에게 되뇐다.

## 숲의 품에서

나에게는 마음을 정리하고 싶은 날, 혼자 조용히 갈 수 있는 몇 안 되는 곳 중 하나가 산이다. 혼자 가더라도 각각의 갈림길마다 친절하게 이정표가 있고 바닥에는 사람들의 발길로 다져진 소로가 내가 걸을 길을 안내한다. 그 친절한 안내를 따라 느긋하지만 부지런히 걸으면 정상까지 오르는 동안 진하고 굵은 땀이 흐른다. 그리고 어느새 마음속 감정들은 증발해버린다. 덕분에 내려올 때는 마음이 한결 홀가분해진다. 나는 산을 오를 때마다 씩씩거리며 출발했고 헉헉거리며 올랐으며 묵묵히 다시 내려왔다.

혼자 산을 오르기 시작한 지는 그리 오래되지 않았다. 어릴 적 내가 살던 부산의 동네는 사방이 산으로 둘러싸인 작은 변두리 마을이었는데 초등학교 1학년 때부터 6학년 때까지 봄, 가을 소풍을 어김없이 산으로 갔다. 학교 앞산, 뒷산, 왼쪽 옆산, 오른쪽 옆산, 그 너머 산….

소풍의 기억은 이랬다. 김밥과 음료수와 간식거리들로 터질 듯이 빵빵한 알록달록한 작은 '소풍 전용 가방'을 하나씩 둘러메고, 각 반마다 담임 선생님을 따라 산을 올랐다. 지금처럼 산책로가 잘 닦인 산이 아니라 그야말로 바위를 넘고 풀숲을 헤쳐야 하는 야생 산길이었다. 이런 상황이니 쭉쭉 미끄러지고 넘어지고 굴러다니고 난리였다. 그러나 아이들은 먼저 목적지에 도착하려고 서로 경쟁하듯 속도를 냈다.

이 와중에 선생님들은 '줄 맞춰!'를 외치며 군기를 잡았다. 소풍이라는 이름으로 포장한 전지훈련 내지 전교생 기합이 아니었나 싶다. 반창고는 필수품이었다.

강행군을 했으므로 목적지에 도착하면 소똥을 피해 돗자리를 펴고 도시락을 먹자마자 대부분 아이들은 낮잠에 빠졌다. 그러나 모두 다 꿀잠을 잘 수 있는 건 아니었다. 부지런히 앞자리를 사수하며 속도를 낸 아이들이 나무 그늘 아래 평지를 차지하고, 나같이 느림보 걸음으로 자꾸 계속 뒤로 처지는 아이들은 비탈길이나 땡볕 아래, 혹은 돌무더기를 손으로 일궈야만 할 것 같은 곳에 자리를 잡아야 한다. 가끔 이상하게 비어 있는 좋은 자리는 역시 이유가 있다. 웃으며 뛰어가 보면 소똥이 한 무더기다.

그 시절 나는 산길에서 쭉쭉 미끄러지며 늘 이런 의문에 빠졌다. '인간은 왜 이 고생을 하며 산을 올라야 한단 말인가?' 어린 나에게 산은 흔해 빠진 '동네 병풍'일 뿐이었다. 다른 동네 친구들은 산으로 소풍을 가지 않는다는 이야기를 듣고 우리 학교에 배신감을 느끼기도 했다. 다행히 중학교에 입학하니 산으로 소풍을 가지 않았다.

그로부터 10여 년 뒤, 나는 내 발로 산을 찾았다. 여전히 산을 오른다는 건 힘든 고행이었지만 바로 그 점 때문에 산을 올랐다. 곧 넘어갈 것처럼 듣는 사람도 같이 숨이 차게 하는 거친 숨을 헉헉 몰아쉬어야 하고 콧물은 수도꼭지만큼이나 줄줄 흘러 콧물 닦느라 손이 쉴 수가 없고 타고난 길치라 앞사람을 놓치는 순간 조난이 예상되기에 두 눈은 항상 정면을 응시한 채 무조건 따라붙어야 했다. 산을 타기 위해 바짝 긴장해야 했기 때문에, 내 머릿속을 비집고 들어올 만큼 눈치 없는 복잡한 문제 따위는 이미 산 입구에서부터 사라졌다. 이것이 내가 스스로 산을 찾은 이유였다. 마음이 답답할 때마다 틈틈이 얼마나 산을 올랐던지. 한 번은 백여 명이 모인 회사 단합 산행 때 뜬금없이 여자 직원들 중 덜컥 1등으로 오르는 바람에 한동안 온 회사 직원들의 입방아에 오르내렸다.

때론 화를 달래주고 때론 마음을 정화해주는 산이 이제는 아픈 몸의 치유를 돕고 있다. 항암 치료를 하며 내게 산은 더 소중해졌다.

초기 암 치료 시절, 2회차 항암 주사를 투여받고 단 하루도 더는 병원에서 견딜 수 없어서 나는 바로 짐을 싸서 집으로 달려왔다. 나를 가장 힘들게 한 건 항암제의 약 기운이 아니라 병원의 냄새였다. 본격적으로 항암제 부작용이 시작되는 시점이라 실제로 냄새 자체가 그렇게 역했다기보다는 내가 느끼는 강도가 그러했을 것이다. 겨울이라 병실의 천장에서 나오는 온풍기의 공기가 더해져 온 병원을 가득 메운 약품 냄새는 견디기 힘든 역한 자극이었다.

전날의 무리한 일정으로 몸이 많이 지쳤던 탓에 병원에서 바로 나온다는 건 체력상 무리였다. 보통은 항암제가 온몸에 퍼졌다가 다시 빠져 어느 정도 기운이 살아난 후 퇴원을 한다. 하지만 나는 약 냄새를 참지 못하고 병원을 뛰쳐나왔다. 항암 시작 전 병원에 장기입원이 가능하냐는 내 질문에 상담실 선생님이 항암 치료를 하는 동안 장기 입원은 가능하지만, 병원 냄새가 힘들어서 환자가 못 견딘다고 하셨는데 그 말이 맞았다.

전이암으로 시작한 항암 치료 때도 나는 병원에 갈 때마다 약기운도 약기운이지만, 특유의 병원 냄새에 반쯤 실신했다. 일주일에 한 번 외래진료 하러 갈 때마다 병원의 현관문에서 가장 먼저 나를 맞이하는 그 냄새가 힘들었다. 그 때문에 항암 치료를 시작한 후부터는 늘 신선한 공기에 대한 갈증을 느꼈다. 청결하지만 인위적인 소독약 냄새가 아닌 자연 그대로의 공기를 마음껏 마시고 싶은 것이다. 산속 숲이 발산하는 그 상쾌하고 청정한 공기를.

그런 갈증을 안고 있어서인지 잠시 아파트 뒤편의 작은 숲에만 가도 그렇게 좋을 수가 없다. 나무 그늘이 시작되는 숲 입구에 발을 들여놓는 그 순간, 벌써 몸이 먼저 반응해 코가 한가득 숨을 들이마시면 상쾌함이 온몸을 감싸는 게 느껴지고 딴 세상에 온 듯 행복하다. 그렇게 숲에서 매일 아침의 상쾌한 공기를 마시는 것은 때론 아침식사보다 먼저 시작되는, 나의 중요한 일과 중 하나다.

가만히 생각하면 숲이 나에게 주는 것은 신선한 공기뿐만이 아니다. 개미들이 기어 다니고 지렁이와 들 벌레들이 출몰하는 바닥의 흙. 귀를 즐겁게 해주는 노래하는 산새들(가끔 딱따구리도 만났다), 눈을 잡아끄는 귀여운 다람쥐, 가녀린 들꽃, 여기저기 솟은 신기한 모습의 버섯들, 시원한 그늘을 드리우며 산소를 뿜어내는 울창한 나무들. 열이면 열 모두 다 온통 '생명'을 지니지 않은 것이 없다. 내가 숲에 갈 때마다 기대하는 것은 바로 그 생명력일지도 모르겠다.

## 자연스럽게 어울릴 수 있기 위한 준비

통! 통! 통!

배드민턴 라켓이 콕을 맞추는 소리가 활기찬 코트장. 여느 날처럼 저녁 레슨을 받고 있었다. 왼손잡이도 아닌데 왜 왼손으로 배드민턴을 치냐는 질문에 대충 얼버무리며 쫄래쫄래 배드민턴 클럽을 다닌 지 6개월이 지났다. 여느 유방암 환자들이 그렇듯 나 또한 겨드랑이 림프절 일부를 떼어냈기에 부종 방지를 위해 수술한 쪽인 오른손을 꽤 아끼고 있었고 그런 연유로 왼손으로 라켓을 잡은 것이다. 여전히 사람들과의 관계는 서먹서먹하지만 처음 배우는, 그것도 왼손으로 시작한 배드민턴은 조금씩 실력이 늘어 콕을 잘 맞추고 있었다.

가쁜 숨을 몰아쉬며 열심히 코치의 공을 받아내고 있던 어느 날. 유난히 가발이 붕 뜨는 느낌이 들어 여간 신경이 쓰이는 게 아니었다. 언제쯤이면 이 불편함에서 벗어날까 생각하면서도 최선을 다해 라켓을 휘둘렀는데 순간!

"읍!"

아뿔싸….

라켓을 휘두르다 그만 가발을 건드려 그대로 내 가발이, 아무도 가발인지 몰랐을 커트머리 내 가발이, 그만 옆으로 돌아가 버렸다. 순간 나는 얼음이 됐다. 그냥 차라리 시원하게 벗겨져 버리지…. 알는지 모르겠지만 가발이 정상 각도에서 조금만 '옆으로' 돌아가도 '동네 바보각'이 되는 건 순간이다.

그 순간 코치의 얼굴도 '얼음'이 됐다. 똥그랗게 커진 눈, 어찌해야 할지를 모르면서도 미친 듯이 실컷 올라가고 싶어 하는 장난끼 가득한 입꼬리가 내 눈에 들어왔다. 동갑내기였던 코치는 평소에도 장난기가 꽤나 넘쳤기에. 아… 신이시여.

능수능란하게 가발의 각도를 바로잡을까 했으나 이미 늦어버렸다는 걸 인정하고 시원하게 내 손으로 가발을 휙 벗어 들고 화장실로 달려갔다. 거울 앞에서 이미 바깥세상을 구경한, 짤막한 내 머리카락들을 만지는 동안 내 머릿속 생각은 롤러코스터를 탔다.

'그냥 이대로 집에 가버릴까?'

'허공으로 사라져버리고 싶다.'

'아냐, 내가 사람을 때린 것도 아닌데 왜 피해?'

'진정해, 진정해. 자자, 생각 좀 해보자.'

'지금 집에 가면 분명 사람들이 뒤에서 이상한 추측을 하며 더 쑥덕거릴 거야.'

'아무렇지 않게 레슨 마저 받고 평소처럼 운동하다 가는 거야.'

'아, 할 수 있을까?'

'그냥 모른 척하는 거야!'

(궁극의 부끄럼쟁이이므로) 그대로 집으로 가버리고 싶었지만, 지금 이 상황을 피해버리면 이후로는 다시 클럽에 오지 못할 것 같았다. 그냥 '이

런 코믹한 사건도 있었네' 하고 생각하면 그뿐 아닌가.

산발이 된 머리도 고이 매만지고 흩어진 마음도 모으고 체육관으로 다시 들어가 손에 들고 있던 가발을 가방 안에 고이 넣고는 내 코트로 가서 남은 레슨 시간을 채웠다. 레슨이 끝나 코트를 나오는 나에게 몇몇 사람들이 머리가 더 짧아졌다며 농담을 던지기도 하고 더 잘 어울린다는 립 서비스로 나를 위로하기도 했다. 그동안 레슨 받는 내내 신경이 쓰여 조마조마하게 운동하느라 힘들었는데 차라리 잘 됐다 싶었다. 가발이 돌아갈 걱정, 붕 뜰 걱정, 허리를 뒤로 젖힐 때 혹여 벗겨질까 하는 걱정에서 벗어나니 콕에만 집중할 수 있었다. 가끔 체육관 유리에 비친, 내일 논산 훈련소로 입대하러 가야 할 것만 같은 짧은 머리를 한 내 모습에 깜짝깜짝 놀라긴 해도 말이다.

내가 이런 조마조마한 상황을 감수하면서까지 팀운동을 하고 싶은 이유가 있다. 나는 어릴 때부터 사람을 좋아해서 가끔 근처에 사는 고모라도 집에 오는 날이면 그렇게 가슴이 설렐 수가 없었다. 명절날 서울에서 내려오시는 작은 아버지네

가족을, 정말 하루 종일 목이 빠지게 기다리기도 했다. 막상 만나면 별일도 없는데 기다리는 시간이 애가 탄다고 스스로 고백할 정도였다. 그런 나에게 할머니는 사람이 그리워 그러는 거라고 말씀하셨다.

그런데 사람을 좋아하는 것과 사람들과 잘 어울리는 것은 전혀 다른 문제였다. 나는 학교에서 친구들을 사귀지도 못했을 뿐만 아니라 나에게 다가오는 친구들과도 어울리기 힘들어했다. 말수가 너무 없었기 때문이다. 내게 아이들과의 대화는 참 어려운 문제였고 절대 자연스러울 수 없는 일이었다. 내게는 사람들과 나눌 만한, 이렇다 할 '이야깃거리'가 없다고 늘 생각했다. 없는 게 아니라 달랐기 때문인지도 모르겠다.

아이들이 엄마한테 들은 잔소리 이야기를 할 때, 가족끼리 외식한 이야기를 할 때, 아빠랑 터무니없는 장난을 치며 논 이야기를 할 때, 가족들끼리 어딘가 근사한 곳으로 여행을 다녀온 이야기를 할 때, 새로 물건을 사거나 받은 나름의 핫 아이템들을 이야기할 때 나는 항상 들어주는 것이 다였다. 맞장구를 치고 싶어도 내 경험이 없으니 별

수 없었다. 당연히 친구들과 대화가 잘 통할 리 없었고 그들도 나와의 대화가 즐거울 리 없었다. 그렇다고 녀석들에게 우리 아빠는 매일 집에 계신다고 할 수도 없고, 다시 만나리라 생각도 하지 못한, 부재중인 엄마의 이야기를 할 수도 없고, 할머니가 공사판에 나가신다는 세상 무거운 이야기로 괜히 죄 없는 아이들을 우울하게 할 수도 없었다.

커서도 사정은 크게 달라지지 않았다. 파면 팔수록 구질구질한 '나'라는 사람의 노출을 최대한 피하고 싶었다. 하고 싶은 이야기보다는 감추고 싶은 이야기가 많아 자연스레 표현하는 법 대신 감추는 법에 익숙해졌고 그것은 어느새 체질이 되었고 나의 오랜 습관이 되어버렸다. 그래서 누군가와 자연스럽게 대화로 친해지기는 늘 힘들었고 사람들과의 대화 자리에 있으면 남모르는 불안감에 꽤나 시달린다.

그런데 운동은 좀 다르다. 운동 신경이 좋다고는 결코 할 수 없지만, 운동을 배우는 것은 어렵긴 해도 불가능한 건 아니었다. 무엇보다 대화를 많이 할 필요가 없다. 상대에게 나를 뭐 하는 사람이라고 해야 할까, 어떤 소재의 이야기로 대화를 이어나가야 할까 하며 내 머리를 복잡하게 만들 필요가 없다. 그러면서도 그들과 어울릴 수 있었다. 내가 잘하게 되면 더 많은 다양한 사람들과도 자연스럽게 어울릴 수 있으리라.

이다음에 병이 다 나아서 정상적으로 활동하게 된다면, 대화가 아니라 함께하는 운동으로 사람들과 어울리고 싶다. 운동할 때 필요한 것은 상대에게 있고 내게도 있는 손과 발뿐이다. 단지 그뿐이다. 운동시간만큼은 서로 함께 웃으며 어울릴 수 있다는 것. 참 멋진 일이다. 그 바람 때문에, 가진 것은 시간뿐인 지금 이때 조금씩 조금씩 몸을 움직이며 준비를 하는 것이다. 뭐든 갑자기 배우려면 힘들 테니 말이다.

## 백혈구 수치의 노예

독성항암제는 암세포와 정상세포를 구분하지 못한다고 한다. 단지 암세포가 빠르게 분열하고 증식하는 특징을 가지고 있기에 그런 특성을 가진 세포를 공격할 뿐이다. 그리고 안타깝게도 우리 몸에는 암세포뿐만 아니라 정상세포 중에도 그런 특성을 가진 세포들이 존재한다. 바로 위장, 머리카락, 생식세포 등이다. 그리고 하나 더, 혈액세포.

다른 세포들이야 항암 치료를 하는 동안 기능을 안 하면 그만이다. 머리카락 빠진 채로 살면 되고 입맛이야 살살 달래가며 뭐라도 먹으면 되고 생리는 안 하는 게 오히려 고마운 일이다. 그런데 혈액세포는 그게 안 된다. 그중에서도 가장 흔하게 나타나는 백혈구 감소는 항암제 투여 가능 여부를 결정짓는 중요한 요인이다. 일정 수치 이하로 떨어지게 되면 항암제 투여가 금지되기 때문이다. 그래서 많은 항암환자들이 백혈구 수치를 사수하느라 혈안이 되기도 한다. 나 또한 마찬가지였다.

기나긴 항암 치료는 백혈구와 나와의 끈질긴 사투였다고 해도 과언이 아니다.

전이암 항암 치료 시작과 동시에 떨어진 백혈구 수치. 초반에는 조금씩 꾸준히 떨어지더니 수치가 그래프의 바닥 가까운 곳에 자리를 잡은 후로는 그 근방에서만 논다. 내 경우, 주 1회씩 3주 연속 맞는 것이 한 주기인데 매 주기의 첫 항암 때만큼은 백혈구 수치가 1500을 넘어야 한다. 만약 그 조건이 안 되면 취소되거나 백혈구 촉진주사를 맞고 돌아갔다가 다음 날 다시 병원을 방문해서 진행해야 한다. 그래서 병원에 치료를 하러 갈 때마다 경기에 출전하는 마음이었다. 채혈대라는 경기장에서 백혈구 수치 1500을 과연 통과하는가

하는 경기. 넘겼다는 결과를 받으면 짜릿한 기쁨을 온몸으로 맛보았고, 반대로 부족하다는 말을 들으면 안타까운 탄성을 내지르며 나는 백혈구 수치의 노예가 됐다.

나에게 백혈구 수치 올리는 법이라며 담당 임상간호사는 고기를 먹고 오라고 했지만 치료 전날 고깃집 뷔페를 다녀왔어도 형편없는 결과를 보고 급기야 환자분들이 소스라치는 비법을 전수해주기도 했다. 닭발 삶은 물을 마시면 백혈구가 올라간다고 하더라는 비장의 비법이었다. 하지만 그것도 어디까지나 일부 사람들이 하는 말일 뿐. 정확한 해답은 아니었다.

어쨌든 내가 할 수 있는 일이라곤 잘 먹는 것. 원래 야식을 잘 즐기지 않는 편인데 일부러 전날 야식으로 치킨이며 족발을 뜯고, 좋아하지도 않는 삼겹살을 먹으러 고깃집을 방문하고, 평소에도 외식할 일이 있으면 메뉴는 항상 보양식으로만 먹고, 더 알차고 야무지게 먹어보겠다고 올라가는 차 안에서 먹는 방법도 연구했다.

운동선수는 시합 전 안 먹으며 체급을 낮추어야 한다면 나는 반대로 채혈 전 최대치로 단백질을 섭취했다. 소화되어서 영양분이 되기까지는 시간이 걸린다는 걸 모르지는 않지만 간절한 바람의 표현이었다. 다들 조용히 앉아 있는 고속버스에서 혼자 뽀스락 거리며 삶은 달걀 4개를 까먹어 봤는가? 삶은 달걀을 갈아 만든, 달걀 특유의 구린내가 나는 음료는 마셔보았는가? 편의점에서 단백질이 든 간식을 골라본 기억은? 요플레는 7g, 가래떡같이 생긴 치즈는 10g, 핫바는 9g 정도의 단백질이 들었다기에 밥값보다 비싼 간식을 사서 병원까지 걷는 내내 먹고 또 먹었다.

서울 터미널에 도착하면 브런치도 먹어줘야 한다. 메뉴는 주로 고기가 든 육개장이나 돼지국밥. 마지막 순간까지 단백질을 흡수해주고 싶은 간절함을 담아서 한 숟갈 한 숟갈 정성스레 먹는다. 그러나 그런 각고의 노력에도 불구하고 좀처럼 안정을 찾지 못하는 백혈구 저하로 인해 투여되고 있는 약의 용량은 점점 줄고 줄어 허용량의 최저치까지 다다랐고 최종적으로는 백혈구촉진제에 기댈 수밖에 없었다. 제일 확실한 방법이긴 하지만 1주일에 서울의 병원을 두 번 간다는 것도, 날짜를 맞추는 것도 번거로운 일이었다. 촉진주사의 효능은 이틀이 안정권. 다음 치료일정 하루나 이틀 전에 '백혈구 촉진주사 맞고 오기' 미션이 주어지면 설날연휴가 걸린다고 하더라도 두 시간 거리 병원 응급실을 가서 그걸 맞아야만 한다. 연휴는 좀 괜찮다. 좀 움직이면 되니까. 내 몸이 녹다운된 지경이라도 미션을 수행하지 않으면 이제 치료에서 탈락할 위기이기에 비틀거리면서라도 눈물겹게 과제를 완수해냈다. 하지만 그렇게 위태롭게 이어가던 치료가 확실히 몸에 무리가 되었나 보다. 점점 촉진주사를 맞는 빈도가 잦아지더니 어느 날 병원에 갈 수 없는 지경까지 힘들어졌다. 그런데 항암일정을 소화하겠다고 병원에 갔다가 의사가 보는 앞에서 반 기절 쇼를 선보였다. 첫 만남 때부터 체력이 닿는 한 '무기한 항암'이라고 못을 박으며 선주문을 했던 의사의 입에서 '항암 중단합시다'라는 말이 나왔다. 내 몸 상태로는 더 이상 항암을 무리하게 진행할 수 없었다. 선수보호 차원에서 흰 수건을 던지는 권투 감독처럼 말이다. 어쨌든 나로서는 200%의, 더 이상 할 수 없도록 최선을 다했고 백혈구도 나도 참 많이 수고한 치료였다.

## 항암의 추억

전이암 치료를 위한 항암 치료가 끝이 났다. 정확히 말하자면 완전 종료라기보다는 잠정적인 중단이었다. 컨디션 저하로 인해 주치의 선생님이 내린 조치였다. 2년이 넘게, 횟수로만 85회가 넘는 항암이 끝난 것이었다. 더 이상 매주 서울로 가는 이른 고속버스를 예매하고 시간 맞춰 터미널까지 가기 위해 바삐 뛰지 않아도 되고, 서울의 출근시간 지하철에서 미간을 찌푸리지 않아도 되고, 가끔 퀭한 얼굴로 발을 질질 끌며 병원과 거리를 돌아다닐 일도 없을 것이다. 그런데 묘한 기분이다. 뭔가 아쉽고 섭섭한.

내 스케줄에 유일하게 매주 잡혀 있는 일정이 이제는 텅 비어 있게 되었다. 그러고 보니 그동안 참 고생 많았는데 이렇게 지나고 보니 다 한때의 추억이다.

그중 잊지 못할 추억 하나. 그날은 이미 1층 종양내과 진료실에서부터 복도 이곳저곳에 납작한 벤치에 쓰러져 누운 환자들의 모습이 꽤나 보였다. 항암환자들은 체력적으로 무척이나 약해 사실 외래진료로 항암주사를 맞고 간다는 건 꽤나 벅찬 일정이다. 게다가 상당수는 나처럼 타 지역에서 오는 환자들이니 이렇게 중간에 지쳐 쓰러지는 것도 어쩌면 당연했다.

초기 암을 치료한 병원은 서울에 있는 한 종합병원이었는데 그곳에서는 늘 항암 하루 전에 입원했기에 항암 치료를 받는 날은 하루 종일 병원을 떠돌아다니지 않아도 되었다. 그때 환우 중 한 분이 모 병원은 항암할 때 입원을 안 시켜줘서 사람이 많을 때는 병원복도에 누워 링거를 꽂아야 할 때도 있었다고 하는 말을 듣고 절대 대형 병원에는 가지 않으리라 했는데 어쩌다 보니 이젠 나도 대형 병원에 와 있다. 그래. 세상살이 내 맘대로 되는 것이 아니니까. 그렇다. 대형 병원들은 상황이 전혀 다르다. 모든 항암을 외래로만 접수하기 때문에 아무리 힘들어도 장시간 이어지는 하루의 일정을 고스란히 견뎌내야만 한다. 그 점이 너무나 힘들고 싫었지만, 이 병원에 온 목적이 있었기에 별수 없었다. 내가 견디는 수밖에 없다.

이날은 여름이었다. 오전 내내 비가 내렸다가 그쳐 습한 날씨였고 그날따라 내 컨디션은 말이 아니었다. 눈꺼풀이 자꾸만 스르르 감기고 있었다. 채혈을 마치고 한 시간 후에나 있을 진료를 기다려야 했던 나는 늘 자주 가는 아지트의 입구에서서 유리문 너머로 안을 살폈다. 예상대로 이미 소파에 사람들이 꽉 차 있어 실망하고는 다른 쉴 곳을 찾아 복도를 벗어나 넓은 로비를 둘러보다 한쪽 구석에 있는 작은 의자에 앉았다. 마음 같아서는 정말이지 다른 환자들이 그랬듯 살짝, 정말 살짝 옆으로 눕고 싶었지만, 꾹 억누르며 소심하게 무릎 위로 팔꿈치를 대고는 꽃받침을 한 채 얼굴을 숙인, 어딘가 불안한 자세로 눈을 감았다.

살짝 숙인 고개가 아예 꺾인 고개가 되도록 잠들었다가 깼을 때 내 옆자리에는 잘 차려입은 남성분들이 앉아 있는, 상대적으로 굴욕감이 느껴지는 상황. 나는 왜 여기서 이러고 있어야 한단 말인가. 다른 빈자리가 없나 하며 두리번거리는 찰나, 마침 담당 임상간호사님의 호출이 왔다. 진심으로 반갑다.

무사히 진료를 마치고 주사실로 올라가 접수를 마친 후 다시 대기실을 살폈다. 오늘따라 항암 환자들이 많이 몰린 데다 바깥 날씨가 너무 습해 다들 병원 안에 모여 있어 이곳 대기실도 이미 만석이었다.

눈은 감기고 몸은 무겁고 앉을 곳이라곤 도저히 보이지 않아 외부로 눈을 돌려 평소 좋아하는 옥상으로 나갔다. 습한 기운이 후끈하게 덮쳐 왔지만, 실내의 에어컨 바람이 오히려 추웠던 나는 습하고 후덥지근한 기운에 꽤나 기분 좋았다. 가만히 정원 구석으로 걸어갔더니 각종 나무에 시야가 덮힌, 허벅지 높이의 화단이 보였다. 이곳이다. 화단 가장자리는 반듯한 벽돌로 마감이 되어 있었는데 그곳에 앉으니 엉덩이가 따뜻했다. 잠시 생각했다. '이곳에 과연 사람이 올까?', '너무 더우니 아무도 안 나오겠지?', '혹시라도 누가 보면 너무 흉한데…', '지금 반쯤 풀린 눈으로 돌아다니는 모습도 흉하긴 매한가지잖아.' 짧은 순간 많은 고뇌의 과정을 거치고 최종적으로 일단 한번 누워만 보자고 결정했다. 살며시 가발을 두 손으로 잡고 반듯하게 화단 가장자리에 고이 누우며 다리를 쭉 뻗어보았다. 아… 세상에. 사이즈가 딱 맞다. 길이도 폭도. 편안함을 느끼는 순간, 그대로 나의 영혼이 안드로메다를 향했다. 내 생애 처음이자 마지막으로 병원에서 노숙한 날이었다. 어디 가서 부끄러워 말은 못 하지만 어쨌든 잊지 못할 날 중 하루다. 그날 무려 한 시간 반 동안, 잘 달궈진 벽돌에 등을 '지져가며' 달콤하게도 잤었다.

내가 매주 가던 암 주사실은 다들 예민하고 까다롭기로 유명한 암환자들이 모인 곳인지라 이곳에서 입을 떼는 사람은 많지 않아서 늘 무미건조하게 시간이 흘러가는 곳이다. 그러다 보니 분위기가 사뭇 무거워 아무리 자주 가는 곳이라도 정을 붙일 만한 곳은 아니다. 그런데 바로 이곳에 나는 보고 싶은 사람이 두엇 있다.

극심하게 몰리는 날엔 하루 수용 인원이 천 명에 육박한다는 암 주사실. 대부분의 간호사는 혹시 약이 바뀌지 않을까, 용량이 잘 제조되었나, 들어가는 속도는 알맞은가, 투여시간은 잘 설정되었나를 꼼꼼히 체크함과 동시에 끝을 모르게 이어지는 환자들을 맞이하고 투여가 끝난 환자의 후처리를 하느라 언제나 긴장한 채 분주했다. 우리에게는 치료시간이지만 그들에게는 실수가 허용될 수 없는 곳에서의 업무시간이었다.

그런데 그 바쁜 와중에 유난히 환자들을 일일이 살피는 간호사를 보게 되었다. 그녀는 씩씩한 목소리로 연세 지긋한 할아버지 환자분께 "이 주사는 많이 아프실 거예요." 하고 말을 건네며 주사를 투여하고는 옆에 투약이 끝난 다른 환자의 주사줄을 정리하며 "힘드셔도 잠 많이 잘 주무셔야 해요." 하고 따뜻하게 말했다. 그러더니 오래 기다린 환자분에게 "에구… 오늘 너무 많이 기다리셨죠?" 하는 말도 건넨다. 사실 대기 시간이 너무 길어 복도에서는 짜증과 화가 섞인 불만들이 쏟아지는 날들도 꽤 되었지만, 환자도 간호사도 알고 있다. 우리가 어쩔 수 있는 일이 아니라는 걸. 그 예민해져 있는 마음을 먼저 헤아리며 말을 건넬 만큼 그녀는 여유와 배려가 넘쳐 보였다. 누구 하나 입을 여는 일이 없는 조용한 병실에서 그녀의 몇 마디에 순간이나마 환자들의 소소한 말소리와 웃음소리가 잠시 흘렀다. 다들 각자의 자리에서 커튼을 치고 있어서 나도 웬만하면 커튼을 친 상태로 있다 보니 간호사의 목소리만 들리는 까닭에 그녀가 누구인지 늘 궁금했고 나도 마주칠 날이 있기를 기다렸다.

드디어, 여리여리한 핑크빛 롱 원피스를 입고 항암을 하러 간 날, 씩씩한 목소리로 "어쩜 이렇게 여자여자하세요?"라며 기분 좋게 농담을 건네는 그녀를 드디어 마주할 수 있었다. 속으로 엄청 반가웠지만 아무 말 하지 않았다. 그날, 침대 위에서 주삿바늘을 꽂고 태블릿PC를 꺼내 그 틈에도 글을 써보려고 타자를 치는 나를 보며 힘들 텐데 그냥 쉬지 뭘 하려고 하냐며 관심을 보였다. 나는 그냥 씩 한 번 웃고 말았다. 그러나 그녀의 말이 맞았다. 10분도 지나지 않아 금세 침대에 누워 깊은 잠에 빠져버렸다. 한 시간이 지나고 투약이 완료된 알람이 울리자 주사줄을 정리하러 온 그녀는, 자다 깬 나를 보며 "거봐요. 쉬라니까. 뭘 하겠다고 그걸 붙잡고 있었어요." 하며 놀려댔고 나는 또 한 차례 웃음을 터트렸다. 그녀는 똥그란 눈에 통통한 입술을 한 아주 귀여운 얼굴과는 달리 씩씩한 목소리를 가진, 볼수록 기분 좋은 매력이 있었다. 그 후 암 주사실에 갈 때마다 다른 방을 괜히 기웃거리며 슬쩍슬쩍 안을 들여다보곤 했다. 오늘은 어디에 있나 하고. 하지만 스무 개가 넘는 주사실이 있었기에 다시 마주칠 기회는 그리 많지는 않았다. 그래도 덕분에 좋은 기억이 하나 남았다.

그와는 달리 매번 만날 수 있는 사람도 있었다. 암 주사실 접수대에서 만나는 간호사님. 그녀는 언젠가부터 내가 병원 진료 카드를 내밀면 카드를 받기도 전에 얼굴만 보고도 "아. 오셨어요. ○○○님. 금방 해드릴게요. 잠시만 기다리세요." 하며 내 이름을 단번에 부르는 것이 아닌가. 깜짝 놀라며 제 이름을 어떻게 외우셨냐고 물으니 그 정도는 외운다며 미소로 답하셨다. 하긴 1년 넘게 매주 드나드는 데다 겉보기에 너무 멀쩡해 보이는 '아직은' 젊은 암환우라 좀 튀어서 기억하고 계실지도. 그래도 이름을 기억해주고 먼저 그렇게 아는 체하며 불러준다는 건 뭔가 나에게 반가움의 표시를 하는 것 같아서 너무 기분이 좋았다. 암 주사실 접수가 전혀 즐거운 일은 아님에도 나는 그곳에만 가면 웃으며 주사접수를 했었던 기억이 난다.

이제 병원에 가는 일이 수개월에 한 번으로 줄었고 암 주사실을 갈 일은 당분간 없다. 내가 가끔 그녀들이 생각나듯 그들도 가끔 내 안부가 궁금한지 모르겠다.

마음으로 이 말을 전하고 싶다. 나 안 좋아져서 안 가는 게 아니니 너무 걱정하지 말라고. 그리고 늘 따뜻하게 맞이해줘서 그동안 너무 고마웠다고.

## 나는 애정하는 고양이가 있습니다

서울에서 자취하던 시절, 내 가슴에도 온기라는 것이 있다는 걸 알게 해준 소중한 존재들이 있었다. 너무나 작았지만 그래서 더 나 같아 보였던 '생명'들이다.

공중화장실에서 누군가 두고 간 작은 씨앗을 화분에 심어놓고 물을 주고 햇볕을 쏘였더니 쑥쑥 자랐다. 콩알 같은 머리에 '행복이'라는 예쁜 이름을 달고서 말이다. 아마 열로 각인을 한 씨앗 같았다. 삭막한 내 방에서 하루하루 자라나는 모습을 볼 때마다 얼마나 귀여운지. 마음까지 시려춥기만 하던 어느 겨울, 얼어 죽을 줄 알았던 녀석이 그 추위에 혼자 견디는 모습을 보며 왠지 나도 더 견디고 싶었다. 결국 추위가 끝날 때쯤 녀석은 따뜻한 봄을 앞두고 마지막 인사를 했지만 지금도 '행복이'를 생각하면 마음 한편이 따뜻해진다.

교회 집사님 댁에 놀러 갔다가 꼬물꼬물한 새끼 물고기들을 다섯 마리나 분양받았다. 키우기 어렵지 않다는 말에 설레하며 데려온 녀석들을 위해 없는 돈을 쪼개어 근처 수족관에 가서 예쁜 어항도 사고 주인아저씨에게 필요한 물품들을 조언받아 물고기 살림을 장만해 왔다. 창문도 없던 내 방에 나 이외의 움직이는 생물체라니. 사랑스러웠다. 물고기들은 내 마음을 아는지 잘 자라주었고 내가 손가락을 어항에 갖다 대면 따라다녔다. 애지중지하며 예뻐하던 녀석들은 그러나, 징그럽도록 이사를 자주 하던 어느 해에 한 마리씩 내 곁을 떠났다.

행복이와 물고기 5형제를 가슴에 묻은 지 어언 4년이 흐른 어느 날이었다. 방으로 들어가 문을 닫았다. 밝은 조명을 끄고 은은한 불을 밝힌 뒤, 가만히 벽에 기대어 앉아 노트를 꺼내 들었다. 그때, 갑자기 밖에서 방문을 긁는 소리가 들렸고 손잡이가 꿈찔꿈찔거렸다. 조금 전 남동생이 지인에게 받아 온 8개월 된 암컷 고양이 녀석이 문을 열려고 점프를 한 것이었다. 하는 수 없이 문을 열었다. 사실 나는 고양이를 좋아하지 않는다. 동물을 다 좋아하는데 유독 고양이는 싫어했다. 뭔가 눈치를 살살 보며 움직이는 모습이 왠지 음침해 보였기 때문이다. 그래서 남동생이 고양이를 데려온다고 했어도 아무 감흥이 일지 않았다.

녀석은 문을 열자마자 마치 원래 자기 방이었던 듯 성큼성큼 들어오더니 내가 앉은 이불 위까지 침범했다. 당장 번쩍 들어서 바닥에 내려놓았다. 이곳저곳을 탐색하던 녀석은 결국 그날 밤 내 방 구석에서 잠을 잤다. 남동생이 장만한 번듯한 숨숨집(고양이가 잘 숨을 수 있는 고양이집)은 무용지물이었다. 그것이 우리의 첫날 밤이었다.

고양이를 입양한 이후, 결과는 뻔했다. 이 집에 집순이가 나 하나밖에 더 있더냐. 녀석의 똥오줌을 치우는 것도, 때가 되면 밥을 주는 것도, 놀아달라고 칭얼거리면 맞장구를 쳐주는 것도 다 내 일이었다.

이런 고급 생명체를 관리하려면 할 일이 한두 가지가 아니다. 한번은 보는 내가 몸이 비틀릴 정도로 어찌나 격렬하게 구토를 하는지. 이 녀석, 어디가 아픈 게 분명하다고 판단해 병원에 데려가 봐도 아무 이상이 없다고 한다. 알고 보니 사료 말고 어제 먹던 고양이용 참치 캔을 내놓으라는 일종의 시위였다.

녀석이 있으면 글 쓰는 일도 보통 방해받는 게 아니다. 키보드를 타닥타닥 치고 있으면 어디서 스윽 나타나 키보드 위를 성큼성큼 걷다가 아예 그 위에 배를 깔고 누워버린다. 그럼 난 아무것도 할 수가 없다. 이것 또한 자기랑 놀아달라는 또 하나의 시위였다. 녀석은 고수였다.

체력은 얼마나 빼앗기는지. 공을 던지면 강아지처럼 물고 와주면 얼마나 좋은가. 고양이는 공을 던지면 쫓아는 가도 다시 물고 올 줄은 모른다. 대신 그 자리에 멈추어서 나를 부른다. 여기 와서 또 던지라고. 그렇게 몇 번 하다 보면 나 혼자 지친다. 고양이의 대표적인 장난감인 낚싯대도 보통 흔들어서는 꿈쩍도 안 하기에 팔뚝의 지방이 다 털려 나갈 정도로 거세게 흔들어줘야 한다. 역시 몇 번 하다 보면 내가 먼저 지친다. 녀석의 특기가 드리블이라 같이 공을 좀 차야 할 때가 있는데, 탁구공만 한 공을 발로 차며 같이 놀다 보면 또 역시 내가 더 빨리 지친다. 녀석의 체력이 너무 좋은 건지 머리가 좋은 건지. 지금 내가 너를 운동시키니 네가 나를 운동시키니.

급히 외출이라도 하려고 하면 그 바쁜 와중에도 고양이 밥과 물을 챙기고 똥을 치우느라 정신없이 움직여야 한다. 분명 저녁 늦게 돌아올 텐데 그동안 밥도 없고 물도 더러워서 못 마시고 있을 생각을 하면 그냥 두고 나갈 수 없는 노릇이다. 똥은 얼마나 자주 치워야 하던가. 냄새가 고약해서 새벽마다 모닝똥을 누어야 하는 고양이 때문에 때 아닌 새벽 기상을 해야만 했다. 오전에 잠 많기로 유명한 나를 벌떡 일으킬 만큼 녀석의 똥 냄새의 위력은 가히 놀랍다. 환기 시스템이 잘 가동되더라도 똥을 누어 속을 비웠으니 배를 채우기 위해 새벽부터 밥 달라며 내 귀에 대고 울어대는 녀석 때문에 누워서 버틸 수가 없다.

그러나 뭐니 뭐니 해도 고양이의 최대 단점은 털 날림이 엄청나다는 것이다. 아침에 일어나면 제일 먼저 고양이의 털을 이불에서 떼어낸다. 절대 100퍼센트 제거란 불가능하기에 완벽한 청결에 대한 기준을 점점 낮추면서.

그러면서도 그 힘들다는 고양이 목욕에 도전했고 내친김에 셀프 미용까지 감행했다. 미용이라기보다는 두발 단속이 되었다만. 화장실 바닥이며 벽, 문, 내 몸에까지 온통 고양이털이 붙는 바람에 치우는 것도 보통 일이 아니었다. 녀석도 힘들었겠지만 나는 만신창이가 된 기분이었다. 느닷없이 내 구역에 불쑥 들어온 녀석을 위해 소중한 나의 체력을 시도 때도 없이 갖다 바쳐야 했다.

사실 녀석을 데리고 살면서 체력뿐 아니라 경제적으로, 시간적으로, 정신적으로 생각보다 많은 것을 쏟아부었다. 내 처지에 이렇게까지 해야 하나 하며 후회할 때도 있었다. 장기간 집을 비울 때도, 아픈가 싶을 때도, 내 거처마저 불명확해질 것 같은 위기 상황에 놓일 때도 녀석을 혼자 둘 수가 없으니 늘 노심초사하게 되기 때문이다.

어느 겨울날 난방비를 아끼려고 수년째 사용

하는 전기난로를 켜고 자고 있었다. 원적외선으로 열을 전달하는 방식이라 화재의 위험이 덜한 제품인데 그날은 열기를 더 느끼고 싶어서 조금 가까이 두고 잤다. 그런데 내가 심한 몸부림을 치다 난로를 넘어뜨렸던가 보다. 깊이 잠든 새벽인데 갑자기 방에 불이 켜지고 남동생이 퉁명스럽게 나를 불렀다. 눈을 떠보니 난로가 넘어져 담요가 그을려 있었다.

다음 날, 동생 얘기를 들어보니 동생이 잠결에 고양이 소리를 듣고 눈을 떴는데 방문을 여니 정말 고양이가 와 있더란다. 뭔가 이상한 냄새가 나서 내 방으로 달려와서 나를 깨웠다고 한다. 그야말로 고양이의 보은이었다. 그 뒤로 나는 고양이에게 더 잘하려고 노력한다. 왠지 고마워서다. 누군가가 나에게 몸도 안 좋으면서 웬 고양이냐고 물으면 나는 그 사건을 꼭 이야기한다.

얼마 후 가족들은 다들 떨어져 살게 되었고 고양이는 내가 데려오게 되었다. 이제 둘뿐인 집에서 녀석은 내가 집에 있을 땐 꼭 내 근처에 자신도 자리를 잡고 팔베개를 하고 앉는다. 식탁에 앉으면 식탁 옆 의자에, 책상에 앉으면 책상 위에, 소파에 앉으면 소파 팔걸이에 자리를 잡으며 하루 종일 따라다닌다. 그러다가 밤이 되면 역시 내 머리맡에서 또는 발밑에서 잠이 든다. 그런 고양이로부터 나는 작은 위안 비슷한 것을 받고 있다. 이렇게 나를 찾는 존재라니.

어느 날 저녁, 외출하고 돌아와 현관문을 여는데, 눈앞에 뿅 하고 나타나 두 앞발을 쭉 내밀어 기지개를 켜고 하품을 하며 나를 맞는 녀석의 모습이 보이지 않았다. 순간, 적막을 느꼈다. 실은 방학 중인 조카들에게 녀석을 하룻밤 잠시 맡기고 오던 길이었다. 녀석이 없는 저녁은 처음이었고 그 시간이 무척이나 쓸쓸했다.

그러고 보니 늘 집에 들어설 때마다 나는 녀석 때문에 웃었다. 반가워서 웃었고, 나에게 배를 보이며 애교를 부리는 모습이 귀여워서 웃었고, 한쪽 발을 대어주면 누운 채 끌어안고는 두 개의 뒷발로 간지럽게 내 발바닥을 긁으면서 그 작은 이빨로 살짝살짝 내 발가락을 깨무는 장난이 재밌어서 웃었다. 곁에 앉아서 꾸벅꾸벅 조는 모습을 보면서도, 응아를 한 후 칭찬해달라고 달려와 울어대는 모습을 보면서도, 장난감을 물고 내 앞에 나타나 놀아달라고 칭얼거리는 모습을 보면서도 나는 웃었다. 내가 울고 있을 때 내 옆에서 안절부절못하고 돌아다니며 같이 울던 모습을 보면서도 피식 웃었다.

늘 내가 돌봐주면서 나의 많은 부분을 희생한다고 생각했는데 그렇지 않았다. 나를 위해 밥 한 끼 차려줄 수는 없어도, 나가서 돈을 벌어다 주지는 못해도 저도 저 나름대로 나에게 매일매일 줄 것을 주고 있었고 나는 그것을 매일매일 받고 있었다.

생각해보면 나는 늘 혼자 있을 때면 무언가를 돌보며 위로를 받았던 것 같다. 1센티미터도 안 되는 물고기들을 분양받아 그 아이들이 커가는 것을 지켜보면서 얼마나 귀여워하고 좋아했던가. 이사할 때마다 그 조그마한 어항을 스티로폼 박스에 넣어 품에 고이 안고 떠날 때면 낯선 곳으로 가면서도 마음은 편안했다. 함께하는 동료들이 있었으니 말이다. '행복이'로부터 받은 위로도 컸다. 손가락 길이만 한 작은 포트에 집 앞에서 퍼

온 흙을 담아 물을 주고, 초겨울의 찬바람이 새어 드는 창가 햇살 아래에 놓고 지켜본 지 일주일 만에 씨앗 하나가 혼자서 흙을 뚫고 올라오는 모습은 경이롭기까지 했다. 죽을 줄 알고 기대도 안 한 녀석이었는데 하루하루 커가는 모습이 어쩜 그리 예뻐 보이던지. 콩알 같은 머리 한쪽에 '행복'이라는 이름을 달고 쑥쑥 잘 자라던 모습의 작은 식물에서 나는 그 이름처럼 현실의 슬픔을 잠시 잊고 행복을 느끼고 있었다.

사람은 애정을 쏟아부을 대상이 있다는 것만으로도 마음이 풍요로워진다. 그것을 위해 때론 희생과 수고가 들더라도 그 희생과 수고를 감당하는 부담보다 내가 사랑을 주면서 느끼는 보람과 기쁨의 크기가 더 크니 말이다.

사람은 누구나 사랑을 줄 때 행복을 느낀다. 장담하건대 세상에 태어나 살면서 단 한 번도 무엇인가에게 '사랑해'라고 말하지 않는 사람은 단 한 명도 없다. 아무것도 사랑하지 않겠다고 다짐해보고 살면 알 것이다. 그것이 얼마나 힘든 일인지를. 분명 도저히 얼마 참지 못하고 '사랑해'라는 말이 입 밖으로 튀어나오고 말 것이다. 무엇인가를 사랑하고 애정을 쏟는다는 건 인간의 가장 본질적인 본능이다. 그리고 그 대상이 있다는 건 행복한 일이다.

## 배터리가 방전되었습니다

"언니. 너무 힘들어서 죽을 뻔했어요."

큰맘 먹고 잠시 따뜻한 나라로 여행을 다녀온 J 양. 어린 시절부터 오랫동안 알아 온 그녀는 굉장히 활발하고 외향적인 성격이다. 그리고 애처롭게도 작년까지 무균실에서 죽음의 공포에 떨며 투병을 하던 백혈병 환자였다. 그녀는 모처럼 다녀온 여행인데 길지도 않은 일정에도 불구하고 집에 도착한 후, 너무 힘들어 아무것도 하지 못하고 누워 있다고 했다. 그도 그럴 것이 몸도 마음도 힘들었던 여행이었다. 여행사에서 오랫동안 일한 친구와 처음으로 함께 간 여행이었는데 그 절친은 큰 병치레를 하고 온 친구와의 시간이 너무나 소중했던 나머지 단 1분 1초도 그냥 흘려보내고 싶지 않았나 보다. 하나라도 더 보여주고, 하나라도 더 체험하게 해주고 싶은 마음에 일정을 빽빽하게 잡았던 것이 아픈 친구에겐 무리가 되었다. 그곳에서마저 쉬고 싶어 하는 그녀와 한순간이라도 더 소중한 추억을 남기기 위해 애가 닳았을 친구. 결국 입장 차이로 한 차례 작은 마찰이 있었고 서로의 마음을 확인한 후, 남은 여행은 서로를 배려하며 잘 마치고 다시 돌아왔다고 한다. 그러나 H 양은 별수 없이 며칠 내내 누워 있어야 하는 신세가 되었고 그런 그녀에게 측은하지만 다시 한 번 힘주어 말해주었다.

"그래, 우린 일반인이랑 오래 같이 다니면 안 된다니까"

스태미나가 넘치는 사람들은 이해하기 힘든 우리들만의 세상이 있다. 그녀뿐 아니라 나 또한 사람들과 신나는 곳으로 외출을 나가면 꽤나 눈치를 보게 된다. 그들의 기분을 깨고 싶지는 않지만 나 혼자 힘들어지는 타이밍이 오기 때문이다. 그 모든 것을 다 이해해줄 사람이라면 괜찮지만 그렇지 않다면 괜한 민폐를 끼치지 않기 위해, 그리고 신나서 들썩거리는 그들의 기운에 기 빨리기 전에 알아서 빠지는 것이 상책이다.

입장이 같은 J 양과 내가 함께 다니면 서로 똑같이 하는 버릇이 하나 있다.

"언니, 괜찮아요?"

"너 이제 좀 쉬어야지?"

중간중간 틈틈이 서로 컨디션을 체크해주는 것이다. 그리고 하는 말. 무리하지 마.

우리는 지금쯤 상대방의 체력 배터리가 얼마나 남았나를 서로 약속이나 한 듯이 계산했다.

언젠가 태어나서 한 번도 기운 없어 본 적이 없다는 사람과 이야기를 나누게 되었다. 그는 한 단체의 대표를 맡고 있는데 열성적으로 늘 활발하게 활동할 정도로 건강했다. 우리는 서로 사는 곳이 비슷했고, 내가 그의 일을 조금 도와주느라 얼굴 볼 일이 잦아서 꽤나 친해진 사이였다. 한 번씩 무리한 부탁이나 요구를 해오면 '컨디션이 좋지 않다'며 거절을 하곤 했는데 어느 날 그가 물었다. 도대체 컨디션이 좋지 않다는 것은 무슨 뜻이냐고 말이다.

자, 컨디션이 좋지 않다는 건 이런 말이다. 지금 내가 입을 열어 당신 귀에 또렷또렷하게 잘 들리도록 또박또박하게 말하는 것도 힘이 든다. 입꼬리에 힘을 주어 유려한 상향 곡선을 만들며 살짝 미소를 머금어 내는 것도 상당히 버겁다. 동공에 이미 힘이 풀려 사슴같이 초롱초롱한 눈으로 당신의 눈을 볼 수도 없거니와 눈꺼풀을 '벌리고' 있는 것도 지친다. 건널목의 신호등 앞에 서서 대기하는 짧은 시간에도 그 자리에 주저앉아 버리고 싶다. 당신의 목소리가 내 귀를 통과하고 있으나 내 뇌에 전달될 거라는 기대는 마라 등 한마디로 지금은 배터리를 충전해야 하는 시간이라고 세세히 알려주었다.

내 설명을 들은 그는 자신은 마음이 상하거나 기분이 나쁠 때 그 비슷한 상황이 된다며 혹시 기분 탓은 아니냐고 물었다. 평소 내가 멀쩡하게 잘 돌아다니는 데다(그사이 머리카락이 꽤 자랐다.) 겉보기에 아무렇지도 않아 보이니, 내가 컨디션이 좋지 않다며 쉬고 싶어 하는 건 그냥 좀 게으름을 타거나 기분 탓이라고 생각하는 것 같았다. 물론 경우에 따라 그럴 때도 있지만 그럴 때조차도 그 기분과 성격을 제어할 힘이 건강할 때와는 차이가 있었다. 어쨌든 '정말 아프다'는 걸 누군가에게 증명해야 한다는 건 사실 적잖이 자존심이 상하는 일이었다.

사람들 앞에서 아프다는 말도 한두 번이다. 그 말은 나의 담당 의사들도 그다지 귀담아듣지 않는 것 같다. 육안으로 어디가 크게 부러져 있거나 영화에서 보듯이 기침을 하면서 피를 토하거나 그것도 아니면 피골이 상접한 모습으로 드러누워 산소호흡기라도 하고 있어야 모든 사람이 아, 진짜 아프구나 할 텐데 너무 멀쩡한 모습으로 돌아다니면서 아프다, 아프다 하니 그 말이 얼마나 의문스러울까. 가끔 나도 헷갈린다. 나는 정말 아픈 걸까, 괜한 기분 탓인 걸까 하고. 어느 때는 사람들이 내가 아픈 걸 몰라준다고 섭섭해하다가도 어느 때는 아픈 사람으로 취급하는 게 그렇게도 싫다. 도대체 왜 그러나 모르겠다. 그러고 보면 알게 모르게 뿜어져 나왔을 '병자 히스테리'를 당했을 주변인들에게 잠시 미안한 마음이 든다.

인류의 평화를 위해 언제 어디서 누구와 있더

라도 결국 내 건강은 그때그때 내가 알아서 챙겨야지 누군가 먼저 알아주겠지, 먼저 이해해주겠지 하다가는 마음에 병만 키우는 수가 있다.

그럼에도 이해해주길 바라는 게 있다. 우리가 갑자기 잘 웃지 않는 건 기분이 나빠서가 아니라 체력이 방전되어서라는 걸.

## 당신도 나도 살아갈 이유

얼마 전 김창옥 교수님의 멋진 유튜브 영상을 보았다. 그분 특유의 유머가 너무 재밌어서 웃기 위해 그 채널을 구독하는 나는, 이날 한 남자의 멋진 모습을 그만 봐버렸다. 방청객과의 Q&A 시간이었는데 한 남자 방청객이 본인의 사연을 이야기하며 "강의하시면서 힘들고 어려우실 때 누군가는 교수님의 이야기를 들으며 힘을 얻고 있다는 걸 기억해주십시오"라며 마지막 말을 끝냈고 그 말을 들은 김창옥 교수님은 한동안 말을 잇지 못하다가 결국 눈물을 보이고야 말았다. 항상 남을 웃기시던 분이 입술을 꽉 깨문 채 한 손으로 눈을 가리고 우시는 모습이 왠지 진실해 보여 더 남자답고 멋있어 보였다. 그동안 사람들 앞에서 아직 말하지 못하신 혼자만의 사연이 있으리라.

식탁에 앉아 밥을 먹는데 블로그 댓글 알람이 울렸다. 누군가 남긴 비밀 댓글이었다.(블로그 방문객 대부분이 나 같은 유방암 투병 환우들이다.)

"작가님을 보며 많은 용기를 얻고 있습니다. 지금처럼 늘 밝은 모습 보여주세요. 저에게는 작가님이 희망입니다."

오후의 햇살이 내가 혼자 앉아 밥을 먹고 있는 거실의 식탁까지 밀려들어 와 주변이 온통 환해진 그곳에 잠시 침묵이 흘렀다. 이윽고 눈물이 툭툭 식탁 위에 떨어졌다.

스물한 살. 유난히 추운 1월이었고 2월이 되면 새 학기 등록금을 내야 했다. 그럴 돈도 없었고 학점 관리는커녕 적응조차 힘든 학교로 돌아가고 싶지도 않았다. 어디로 가야 할지 길을 잃은 느낌이었고 어디론가 도망치고 싶었다. 그러다 어느 날 악마의 목소리를 들어버렸다.

'이 지구는 너 따위가 살 곳이 아니야.'

사실 어린 시절부터 살고 싶은 생각보단 죽고 싶은, 없어져버리고 싶은 생각이 더 많았다. 이겨내기보다는 포기가 늘 빨랐고 앞날에 대한 희망보다는 알 수 없는 막막함과 숨 막히는 두려움만 늘 가득했다. 한 마디로 내가 살기에 이 세상은 너무 강한 곳이었고 두려운 곳이었다. 지금까지 존재해온 것만으로도 충분히 힘들었고 때론 고통스러웠기에 세상을 더 이겨내고 살 자신이 없었다. 여기까지였다. 틀린 말이 아니란 생각에 그 말대로 지구를 떠나기로 했다.

약국에 걸어 들어가 콩닥거리는 심장으로 수면제를 한 통 사서 집으로 왔다. 일단 최대한 많은 약을 한 번에 털어 넣기로 했다. 절대 깨어나지 않도록 말이다. 한 통에 든 알약 개수는 100개. 모조리 다 까서 하나하나 할머니의 절구에 넣고 가루로 만들어 물에 탔더니 국 한 그릇 분량이 나왔다. 땅거미가 어둑어둑해지는 시간, 혼자서 조용히 약사발을 꿀꺽꿀꺽 다 마셔버렸다. 평소에도 쓴 음식을 잘 못 먹는데 알약 100알은 너무 써서 역하기까지 했다.

저녁이 되니 식구들이 하나둘 집으로 들어왔

고 할머니께서 잔칫집에 다녀오시는 길이라 양손 가득 맛있는 잔치 음식을 싸 오셨다. 그중 탕수육이 보여 잠시 고민하다 일단 먹고 싶어서 먹기 시작했다. 먹다 보니 잡채도 보이고 만두도 보였다. 폭식을 했다. 배가 터지도록 먹고는 평소와 다름없이 누워서 TV를 봤다. 슬프지도 않았다. 모든 것이 단지 무감각했다. 내일이면 가족들이 놀랄 거란 생각도 남의 일처럼 아무 일도 아닌 것같이 멀게만 느껴졌다.

나도 가족들도 모두 깊이 잠들어버린 이튿날 새벽. 잠을 깰 틈도 없이 몸이 튕겨 나가듯 화장실로 달려가더니 엄청난 구토가 시작되었다. 꾸역꾸역 먹은 음식이 폭포수같이 쏟아져 나오더니 곧이어 쓰디쓴 약 냄새가 역겹게 올라왔다. 깨어버리다니. 허무하게 앉아 있다 어느새 다시 잠이 들었고 어느새 다시 아침이 밝더니 어느새 아침을 먹으라고 깨우시는 할머니 소리가 들렸다.

병원 처방전 없이도 살 수 있는 정도의 약 효능은 그렇게 세지 않다는 걸 몰랐던 탓에, 나의 어설픈 자살 시도는 어설프게 끝났다. 한동안 일어나지 못해 계속 누워 있거나 기어 다니며 생활을

해야 했고, 젓가락을 쓰거나 하는 섬세한 손동작에는 심한 수전증을 보이는 등 몇몇 부작용이 있었지만 서서히 모든 신경이 돌아왔다. 알약을 보기만 해도 헛구역질이 올라오는 증상은 1년 가까이 갔다.

그때 나는 정신적으로 무척 힘들었다. 무엇보다 나에 대한 불신이 깊었다. 뭘 해도 난 안 된다는, 안 될 거라는 불신. 사실 그렇게 죽지 못한 이후로도 한동안 무기력해 있었고 어떻게 해야 할지 몰라 하염없이 울기만 했었다. 그러나 시간이 흘러 나는 그 세계를 서서히 벗어났고 평범한 사람들 흉내를 낼 정도까지 되었다. 죽고 싶다는 생각이 순간순간 재발했지만 전보다는 조금 더 보고 싶어진 사람이 있었고, 아주 조금 더 견뎌보고 싶은 의욕이 생겼고, 최종적으로 '생명을 사랑하라는 말씀을 어기는 죄'를 짓고 싶지는 않은 소심함이 위험한 충동으로부터 나를 지키는 배수진이 되어주었다.

전이 판정을 받고 일주일은 방에서 나오지 않고 밥도 잘 안 먹었다. 충격 때문이 아니었다. 처음으로 들은 '삼중음성 유방암'(유방암의 종류 중 하나이며 다른 유방암들은 암세포만 골라서 공격한다는 표적치료제가 개발되어 있는 반면, 삼중음성 유방암은 표적치료제가 개발되지 않은 난치성 유방암. 다른 유방암보다 예후가 현저히 나쁘다고 알려져 있다. 사실 그전까지 나는 내가 난치성 유방암이란 걸 몰랐다)이 도대체 뭔지, 생존율은 얼마나 되는지, 과연 치료는 잘 되는지, 어디로 가면 최고의 치료를 받을 수 있는지 같은 긴급 대책을 세우느라 눈만 뜨면 정보를 파고 또 파느라 녹초가 되어버렸기 때문이다. 하지만 생각보다 정보는 많이 없었고 나에게 희망이 되어줄 장기 생존자도 찾기 어려웠다. 절망적이었지만 어찌 되었건 살기 위해 할 수 있는 건 다 찾아 보기로 마음먹고 적극적으로 여기저기 두드리고 또 두드리고 있었다.

과거의 나는 분명 어떻게든 빨리 죽고 싶어 했는데 10년이 훌쩍 넘은 뒤의 나는 죽음의 길목에서 살기 위해 발장구(발버둥이란 표현은 너무 숭고하기에)를 치고 있다니. 참으로 아이러니했다.

전이암 치료를 위한 항암 치료가 다시 시작됨

과 동시에 나는 매주 블로그에 나의 소식을 남기기 시작했다. 혹여 내 경과가 좋아진다면 그 사실이 누군가에게 희망이 되길 바라면서. 살고 싶어 정보를 뒤지며 다닐 때 사실 내가 찾고 싶었던 건 희망이었다. 나와 같은 병을 가진 사람도 나을 수 있고 건강하게 5년이고 10년이고 살 수 있다는 걸 증명해줄 희망 말이다.

어느덧 시간이 꽤 흘렀고 긴 시간 투병을 하면서도 의외로 생생하게 잘 지내는 내 존재를 반가워하며 암 판정으로 두려움과 걱정에 둘러싸인 사람들이 하나둘 내 공간에 찾아오고 있다. 그리고 과거의 내가 누군가에게 너무나도 하고 싶었던 "당신을 보니 희망이 보이네요."라는 그 말이 블로그 댓글로 나에게 들리고 있었다. 내 입으로 말해보지 못했던, 그러나 스무 살의 내가, 전이 판정을 받던 날의 내가 너무나도 하고 싶었던 그 말이 메아리처럼 누군가를 통해 나에게로 온 것이다. 마치 희망은 아주 오래전부터 내 안에 이미 있었다는 듯 갑자기 가슴속에서 뜨거운 것이 하염없이 차오르는 날이었다.

# 여기까지 잘 왔습니다

얼마 전 부산을 다녀왔다. 혼자 계실 아빠 얼굴도 좀 보고 새로 이사하신 엄마집에도 가보고 봄부터 나를 기다린 J 양도 만나야 해서 일정이 빠듯했다. 제일 먼저 들린 곳은 J 양의 작업실. 이 녀석, 얼마나 독종인지 내가 전이암 판정을 받았던 비슷한 시기, 그녀는 백혈병 투병 중이라 무균실에서 지내던 몸이었다. 그곳에서 무사히 벗어났다는 것만 해도 대단한데(병실 환자 반 이상의 죽음을 목격했단다.) 불과 2년도 안 된 사이, 레지던스 룸이 딸린 작은 작업실을 오픈했다. 나에게 빨리 보여주고 싶다며 늘 언제 오냐고 묻곤 했는데 나는 항암 치료가 중단된 후 기력을 회복하려 요양병원에 입원해 있던 처지여서 어쩔 수가 없었다. 작업실을 보니 그렇게 나를 빨리 부르고 싶을 만했다. 2층 건물로 된 작업실은 예쁜 블루빛의 세련된 문이 달려 있었고 유리 너머로 그녀의 밝고 화사한 작업실 내부와 함께 뭔가 열중하고 있는 J 양의 옆모습이 보였다. 들어가 보니 그간 그렸던 그림들이 그럴듯하게 전시되어 있고 손수 고른 작업실 살림들이 아늑해 보였다. 2층으로 올라가니 작은 다락방 같은 쉼터가 있어서 잠시 휴식하기에 좋아 보였다. 새로 지은 신축건물이라 애정을 많이 쏟은 흔적이 보였다. 건물은 시에서 창작자들에게 제공하는 공간이며 계약기간 동안 창작활동에 전념할 수 있도록 다양한 프로그램이 있다고 한다. 항암의 여파로 회복이 더뎌 힘들어하면서도 그렇게 부지런히 움직이다니 참 부러웠다.

또 다른 한 친구는 항암 치료 후 가게를 차렸다. 혹시 유방암은 예쁜 사람만 걸리는 거냐며 내가 농담으로 건넬 정도로 훤칠한 키와 예쁜 외모의 그녀는 이름만 대면 알 만한 대기업 출신이었는데 사실 회사로 다시 가고 싶지는 않다고 했다.

그러고는 평소 스타일리시한 감각을 살려 서울 대로변에 작은 옷가게를 낸 것이다. 처음 하는 사업이라 머리 아파하면서도 하고자 하는 열정이 가득해 보이는 모습이 걱정도 되었지만 한편으로는 무한응원을 하게 했다.

다음 달이면 6개월간의 요양병원 생활도 끝내고 나도 다시 일상으로 복귀한다. 다행히 항암 치료 경과가 좋아 종양은 많이 줄어서 눈에 보이는 암은 보이지 않는다. 다만 급격히 떨어진 체력을 회복하는 일과 산발적으로 흩어져 있는 폐의 염증들이 행여 암으로 변형되지 않는지 앞으로 수년간 잘 감시하는 일이 남았다. 그리고 나도 내 자리를 찾는 여러 시도들을 할 것이다.

그사이 위축감을 많이 느낀다. 뭔가 끝까지 해내지 못하면 어쩌나 하는 자신감이 없는 예전의 성격보다 건강에 자신할 수 없으면서 생긴 마음의 병이다. 그런데 사실 그걸 고민할 시간도 아깝다. 언제 무슨 일이 일어날지 모른다는 위기의식을 가지고 사는 덕에 시간의 소중함을 절절하게 배웠기 때문이다. 병이 가져다준 새로운 원동력이다.

잃었다고만 할 수도 없고 도태되었다고만 할

수도 없는 시간이었다. 배운 것도 많았고 느낀 것도 참 많았다. 그 힘으로 남은 시간들을 어떻게 채워나갈지 내심 기대도 된다. 한 가지 확실한 건 예전보다 더 단단해졌기에 조금은 더 단단히 서 있을 수 있을 것 같다. 무엇을 하든, 어떤 일을 또 마주하게 되든 늘 나를 잘 다독이며 나아가볼 생각이다. 지금까지 그래왔듯 앞으로도 좋은 날들이 무한히 나를 기다리고 있다고 믿으면서.

# 에필로그

글의 이해를 위해 발병부터 현재까지의 투병 과정을 짧게 정리해드립니다.

첫 발병 당시 유방암 1기로 진단을 받아서 수술과 첫 번째 항암 치료(12주간), 방사선 치료를 받았습니다. 그 후 6개월마다 한 번씩 추적관찰이라는 정기검사를 받으며 쉬고 있었는데 수술한 날로부터 2년이 지난 즈음, 유방암이 폐로 전이되었다는 통보를 받았습니다. 그래서 임상연구 참여로 두 번째 항암 치료를 받게 되었습니다. 전이암은 항암 치료기간이 따로 정해진 것이 아니라 체력이 닿는 한 무기한으로 하게 된다고 안내를 받고 시작했는데 26개월가량 시간이 흐른 시점에 급격한 체력저하로 항암 치료가 중단되었습니다. 그 사이 종양이 많이 줄어서 경과는 좋은 편이었지만 그것을 완치라는 개념으로는 말할 수 없어서 항암 치료를 계속 이어가던 상황이었습니다. 항암 치료 중단 후, 심각하게 떨어진 체력을 회복하고자 요양병원에 입원하여 현재는 다시 많이 회복되어가는 중입니다. 임상연구로 진행하는 항암 치료는 한 번 중단하면 같은 연구에는 다시 참여할 수가 없어서 참여 가능한 새로운 연구를 기다리고 있습니다. 다행히, 암의 진행은 한동안 멈춘 듯합니다.

# 유방암이지만 비키니는 입고 싶어

초판 1쇄 발행 2019년 10월 28일

지은이 미스킴라일락
펴낸이 강수걸
편집장 권경옥
편집 윤은미 박정은 이은주 강나래
디자인 권문경 조은비
펴낸곳 산지니
등록 2005년 2월 7일 제333-3370000251002005000001호
주소 부산시 해운대구 수영강변대로 140 BCC 613호
전화 051-504-7070 | 팩스 051-507-7543
홈페이지 www.sanzinibook.com
전자우편 sanzini@sanzinibook.com
블로그 sanzinibook.tistory.com

ISBN 978-89-6545-604-9 04810
978-89-6545-601-8 (세트)

* 책값은 뒤표지에 있습니다.
* 이 도서의 국립중앙도서관 출판예정도서목록(CIP)은
서지정보유통지원시스템 홈페이지(http://seoji.nl.go.kr)와
국가자료공동목록시스템(http://www.nl.go.kr/kolisnet)에서
이용하실 수 있습니다.(CIP제어번호: CIP2019020391)